文芸社セレクション

風船は、しゃぼん玉の中へ

橋本 ひろ実
HASHIMOTO Hiromi

文芸社

目次

風船は、しゃぼん玉の中へ

1　麓山北部民友新聞専売所

東の空が薄明るくなってきた時、学生服（学ラン）姿の少年が息を弾ませ国道を横断しようと左右をキョロキョロした。

少年の名は、島本光一郎《しまもとこういちろう》。

光一郎は、大型トラックが過ぎ去るのを確認して横断をはじめた。

遠くに横断歩道があるのに無視したのだった。

ピタゴラス定理で言う最短距離を利用した。

ただ、道路を横断するには、国が定めた交通ルールがあるのに守らなかったのだ。

目の前には、蛍光灯がこうこうと輝く小さな建物が飛び込んできた。

民友新聞佐藤専売所である。

「おはようございます」

「おう、おはよう」

佐藤泰榮《さとうやすえい》所長を中心に従業員８人が慌ただしく梱包されている新聞紙や折込チラシ

（広告紙）を紐解いていた。

テーブルの上に無造作に載せられた。

心得ている光一郎たちは、載せられた新聞紙を右手の親指と人さし指を器用に使い扇状に広げて、左手の親指と人さし指で5部ずつ数え50部に束ねていくのである。

作業が早く終わった従業員は、大きな折込チラシに中小まちまちのチラシを挟む流れ作業へ移るのであった。

親指と人さし指の手脂が切れてしまうので、両指にゴムサックを着けるのが常識になっていた。

出来上がった折込チラシを流れ作業で、新聞紙に滑り込ませ50部単位で仕上げていった。

専売所の中で一番若い光一郎は、新聞配達員の必需品である指サックを外し、自分の受け持ち地域分の新聞紙220部（予備部数3部含む）を、自転車の荷台と前かごに分けて積み込み、いざ出発。

ただ光一郎は、新聞配達員の中でも、ベテランの域に入っていた。

なぜなら、小学四年生の時に、夕刊配達をはじめてから早八年。

新聞配達をはじめたのは、子ども心にも家が貧しいと理解していたからだ。

欲しい物が手に入らない悔しさから、働いて小遣いを貯めようという欲求が生まれ行動に移したのである。

最初の頃は、新聞店が用意してくれた夕刊紙100部を柔道着の腰紐に似た紐で挟んで、お客様の家のポストや軒先に届ける仕事である。

そこで、新聞紙の重さを肌で感じた。

一軒一軒契約しているお客様の家に間違いなく届けるために、泰榮自らマンツーマンで指導をした。

泰榮が忙しい時は、個別配達台帳を見ながら一軒一軒間違いないよう、お客様の家に届けた。

配達時間は、倍以上かかることが多かった。

2　小学中学年の新聞配達誕生

小学中学年の光一郎の右肩は、パンパンに腫れ上がっていた。

疲れた様子を察知した母親小春《こはる》は、人目を気にすることなく強く抱きしめることを心掛けていた。

時には、冷たいタオルを用意して待っていることも多かった。

最初の声掛けは、

「大変だっただろう。お疲れさま。朝ごはん出来ているから、早くお食べ！」

が、日課になっていた。

母ひとり子ひとりの母子家庭で育てられていた光一郎は、父親の愛情を知ることはなかったのである。

だから、小春は父親の役も兼ねた二役を演じなければならなかった。

辛《つら》く当たることも多かった。

光一郎には強くなってほしい親心の願いを込めた叱咤激励である。

その激励も、隣の田辺志《たなべし》のぶの家へは筒抜けになっていた。

「どうしたの？　そんなに大きい声を出しちゃって？」

「ごめんね。大したことじゃないのよ」

壁越しでの会話だった。

それも隣との境の壁は、ベニヤ板で覆われている格安の長屋に住んでいた。

「ところで、小春ちゃん！　ちょっと多めに筑前煮（お煮しめ）を作ってしまったんで食べてくれる？」

「ありがとう。いただくわ。いつも悪いわね」

返事を返すと同時に、ベニヤ板の隅に大きなハンカチで覆われた隙間から配達されてきた。

「ありがとう！　いつものので悪いけど、今回新作の茄子と人参の糠《ぬか》漬けを作ってみたんだけど食べてみてくれる？」

「ありがとうね。小春ちゃんが作ったものは何でもおいしいから楽しみだわ」

ハンカチを持ち上げて、お返しの茄子と人参の漬物盛り合わせを差し入れた。

人情溢れる長屋である。

遠くの親戚より、近くの隣人のやさしさを志のぶを通して、肌で感じる小春がいた。

3　中学年から高学年への切り替え

小学高学年になった頃、泰榮から部数を減らしても良いので、夕刊配達から朝刊配達へ配置転換を打診された。

「朝刊配達になると新聞紙の量も増え、配達エリアも広範囲になるんですよね？」

「さっきも言ったように配達エリアに慣れるまで、わたしがお手伝いいたします。それは約束します」

困った泰榮の顔が、とても悲しそうで可哀そうに思えてきた光一郎は、

「新聞紙の重さもさることながら、配達区域も遠くになるんでしょう？

と言うことは、徒歩だと無理ですよね？

それだったら、自転車かバイクでないと難しいんじゃないですか？

ぼくには、バイクの運転免許を取れる年齢には達していないし、自転車すら乗れません」

「それは大丈夫。うちには、たくさんの自転車があるじゃんか？　自転車に乗れるま

で練習すれば良いことでは？」

「でも、転んで自転車は壊れるかもしれませんよ」

「良いじゃないですか？　自転車の一台や二台。形あるものは、いずれ壊れます。光ちゃんが壊すようだったら、それはそれでしょうがないじゃないですか？」

泰榮は笑って受け答えるのであった。

心の広い理想の大人に見えてきた。

「所長、少し考えさせてください。今日のことを、お母《か》んに相談したいと思いますので……」

「それは、そうだね。良い返事を待っているよ」

大人との駆け引きに勝った光一郎は嬉《うれ》しかった。

家路への帰りは、足取りも軽やかだった。

子どもから少年に位《くらい》が上がった感じになっていたからだ。

光一郎は、自宅近くの公園で自転車に乗れるように練習をはじめた。

大人の自転車は、サドルとペダルの高さが高くて乗りこなすことなど出来なかった。

乗り方のバランスが悪く転んでは起き、起きては転びの繰り返し。

手足に擦り傷も出来上がり血も滲《にじ》んでいた。

傷には、生唾《なまつば》をつけて消毒処置する光一郎だった。

自転車にも数多くの傷なる勲章が出来てしまった。

それでも、チャレンジは続けた。

どうしても、手足が届かないことから三角乗りに変更。

体が小さかったのが良かったのか悪かったのか、自分にしっくりくる自転車操縦方法を発見した。

ペダルを漕ぐのに時間がかかったものの、どうにか前へ進むことが出来るようになったのだが、反対にペダルに気を取られハンドル操作が疎《おろそ》かになってしまった。

[ガッチャン～、ガリガリガ～リ、クルンクル～ン]

後輪の回転音が、静かな公園に響いていた。

思うように動かない自転車に腹が立っていたものの、自分の運動神経が鈍いことを、ここで知らされたような気持ちにさせられたのである。

悔しかった。

悲しかった。

負けず嫌いの光一郎は、涙を浮かべながら練習に励んだ。

毎日、自転車の練習を続けた結果、どうにか三角乗りで自分の思う方向へ乗りこなすことが出来た。

数知れず転倒しての成功は、本当に嬉しかった。

………

あれから数年。

今では、自転車の曲芸まがいの操作テクニックを身につけ、乗りこなすまでに進化していた。

現在は、高校生になった光一郎も身長が伸び、以前は新聞配達を休みたいと思うことも多々あったが、今は苦痛と感じることはなかった。

なぜなら、いつの間にか新聞配達少年の基礎体力を作り上げる要《かなめ》になっていたのだ。

急な坂道を一度も自転車から降りずに、一気に上り切ることに心掛けた。

上り切る快感も心地良かった。

この快感を通して、新聞配達エリアの変更もいつしか気づかされていた。

長年当たり前と信じていた配達方法を、もっと楽なルートを探すことによって時間と労力が効果的に現れることを、肌で感じた光一郎である。

いままでは、新聞の部数が減っていくことが配達するうえで楽だと信じていたが、自転車を引きずって上まで上がるのに違和感を抱きはじめていた。

水も上から下へ流れるように、最初は上り切るのに労力を使うかも知れないが、後々体力が回復し新聞配達も楽になることが確信に変わった。

楽になっても一番辛《つら》いのは、雪国の地方だけとは言わないまでも、雪が溶けかけて降る氷雨が配達員泣かせになっていた。

光一郎だけじゃなく、大切な新聞紙を濡《ぬ》らさぬよう創意工夫が試されていた。

突然の氷雨などに襲《おそ》われた時に取る処置として、光一郎は折込チラシを引き抜き、すかさず新聞紙が濡れないように全体を覆《おお》いかぶせるようにしていた。

中には、折込チラシが無《な》かった時は、学ランの中に着ているワイシャツや肌着を脱いで新聞紙を包んで配達を続行していたこともあった。

光一郎のちょっとした心遣いの行動に感動したお客様の花咲輝彦《はなざきてるひこ》は、自宅に毎日配達されている牛乳瓶を牛乳箱から取り出し差し出してくれた。

時には、温かい牛乳（ホットミルク）を用意してくれることもあった。

「毎日ご苦労様。これを飲んで行きなさい」

「ありがとうございます」

喉《のど》も渇《かわ》いていたこともあり、差し出された牛乳を一気に飲み干す光一郎。

輝彦は、光一郎の飲みっぷりに見惚《みと》れていた。

「ありがとうございました。美味しかったです」

光一郎は、輝彦に空瓶を差し出し頭を下げた。

「ご苦労様。頑張って！」

輝彦は、光一郎に激励の言葉を投げ掛けて見送った。

「ありがとうございます」

元気を取り戻した光一郎は、次への配達に向かって自転車を走らせるのだが、本当はクラスメイトの恋美《こいみ》の家でもあった。

毎日、早朝から恋美が奏《かな》でるクラシックピアノ演奏は、光一郎を元気づけてくれる曲にもなっていた。

ただ、自分の新聞配達員の姿だけは、恋美には見られたくなかった。

恥ずかしかったのだ。

4　麓山市立高等学校内での一日

朝8時の時刻を知らせる学校のチャイムが鳴り出した。

[キ・ン・コ・ン、カ・ン・コ～ン！」

チャイムの音が学校周辺に響き渡った。

グランドでは、部活動（部活）の陸上部や野球部が凌《しのぎ》を削る思いの自主練習（自主練）に励んでいた。

「イチ。イチ、ニ。イチ。イチ、ニ～、サン、シ！」

陸上部集団の掛け声は、校庭にこだましていた。

「お願いしま～す！　もう一丁！」

[カッキーン！」

野球部の個別シートノックに汗を流していた。

近々に開催される全国高等学校総合体育大会（インターハイ）出場に向けた運動部の最終チェックに入っていた。

「さ～あ来い！」

…………

授業を始める15分前を知らせるチャイムが鳴り出した。

グランドで自主練に参加していた各部員も、各教室へ散会するのであった。

大粒の汗を流しながら自転車置き場に、自転車を収め一路教室へ。

建付けの悪い教室へ入るなり、

「セ～フ！」

光一郎は、ひょうきんポーズで笑いを誘ったものの、誰ひとり無反応。

教室の中は、男子生徒の体臭と女子生徒の甘い香りが入り交じった独特な匂いが、充満しているのに誰ひとり気づいていなかった。

この匂いが、いつの間にか当たり前の教室になっていたのである。

突然、校舎内に設置しているベルがけたたましく鳴り出した。

授業を開始する合図だ。

一時間目は、ホームルームの時間で教科書は必要なかった。

クラス担任で英語教師の河野《こうの》 勉《つとむ》が入ってきた。

「起立！」

「ガタン！　ガリ、ガリ、ガリッ！」

教室の中は、机と椅子が床に擦れる音が教室内外に響き渡った。

「礼！　おはようございます」

勉は、軽く会釈した。

「着席！」

再び、摩擦音が教室内外を襲った。

「今日のホームルーム時間は、皆さんの将来の夢を語り合いたいと思います。出来れば、みんなの顔が見えるように向き合ってもらいたいので、机を移動します」

勉は、両腕を伸ばして向き合う角度の中心線を体で表現した。

「ギ・ギ・ギィ〜」

「ガリ、ガリ、ガリッ」

机と床の摩擦音が一段と強く感じる教室になっていた。

「皆さんと一緒にこうして机を並べて勉強出来るのも、あと残り八ヶ月弱となってきました。

焦りが出てきても可笑《おか》しくない時期です。

わたしが言うのも可笑しな話ですが、高校時代こそ大きな人生の分岐点に入ってきているものと思われます。

なぜなら、ここで進学組と就職組に分かれ、それぞれの人生の礎《いしずえ》を作り上げられる大切な年齢になっているからです。

そこで、わたしからのお願いごとで申し訳ないのですが、みんなからクラス仲間の顔を見て、是非とも友だちにはなってもらいたい夢なる職業を探してあげませんか？

フリートーキング（自由討論会）形式で答えは出てきませんが、今日ぐらいは、堅苦しい授業から解き放された自由な時間として、思い出に残る一日にしませんか？」

勉は、開口一番自分の思いを熱く語る癖《くせ》があり、生徒たちからのあだ名は瞬間湯沸かし器と言われ、熱しやすく冷めやすい先生にも見えていたのだが、本人は気づいていなかった。

ただ、英語の授業に関しては、生徒が解ってもらうまでとことん付き合う熱血先生でもあった。

生徒たちは、飽きて嫌《いや》になることもあった。

しかし、自分が受け持った生徒たちは、一人も落ち零《こぼ》れを出すことないポリシーを心掛け、常に目配りを絶やさず、やさしくひも解いていけるように心掛けていた。

一方的な問いかけに、教室内はシーンと静まり返ってしまった。

…………

「先生！　それは、ぼくたちの目から見た友だちを名指して、未来の職業を話せば良いのですか？

本人から拒否された場合は、如何《いかが》いたしますか？

それとも、先生が名指しして指名するのですか？」

クラス一《いち》、ユーモアが通じない生真面目な若竹希望《わかたけのぞみ》が、か細い声で勉に鋭く問いかけた。

「そんなに深く考えなくても良いのではないでしょうか？

この時間はあくまでも自由討論会です。

悪気ある発言や陰湿的なイジメに匹敵する発言だけはやめましょうよ。

もしかすると、この話し合いが後々《のちのち》心に残る大事な時間になり授業になるかも知れません。

ふざけ半分の事柄が事実として実現してしまうことだってあるわけだし、瓢箪《ひょうたん》から駒が出るという諺《ことわざ》があるじゃないですか？

そこで、口火を切ってくれた若竹君は将来どんな職業についてもらいたいか？

誰か、発言していただけませんか？」

河野は、クラス内を見渡した。

クラスメイトは、お互い顔を見合わせた。

その時、一人の女の子が手を挙げた。

恋美である。

恋美は、クラス一《いち》頭が良く沈着冷静な判断の持ち主で、クラスメイトは誰ひとり頭が上がらない人物になっていた。

「若竹君は、和菓子の老舗『風月堂』の跡取りでしょう？　いずれは、家業を受け継ぐ未来ある社長じゃないですか？　それを、どうしようとしているのですか？」

「やっぱり、学級委員長は頭が堅いよなあ。

それじゃ、希望が家業を継ぐことで話を決め込んでいるんじゃないの？

希望は、学校一、二番を争う頭脳明晰《ずのうめいせき》の男だよ。そんな男が、和菓子の若旦那で良いのか？

希望が悩んでいる絶好のチャンス到来。希望の話を聞いてあげようじゃないか？」

希望の大親友の光一郎が、恋美に物申した。

恋美は、ことの意外さに事態が理解できず、ただ驚きと当惑で目を見開いた状態で頭を横に振った。

「希望！　自分のなりたい職業を、みんなに聞いてもらうチャンスが来たようだぜ。話してあげなよ。もし、話せないんだったら、俺から話そうか？」

希望は、下を向いたままの状態だったが、光一郎からの発言に刺激を受けた格好で、心細い声で話しはじめた。

「ぼくの将来の夢は、夢また夢なんだと思うけれど医者になることです。

一番の理由は、先祖代々から受け継がれてきた和菓子の仕込み作業や新作アイデアなどで、朝早くから起きて夜遅くなるまで作業する後ろ姿の両親を見て考えさせられました。

父親曰《いわ》く、祖父から半ば強制的に、家業を押し付けられた格好で嫌々引き受けてきたそうです。

当時、父親にも夢があったみたいなんです。

和菓子店の子どもに生まれていなかったなら、小さいころから絵が好きだったので、絵を描きながら芸術家気取りで生活していきたかったそうです。

当然祖父に相談したものの、頭ごなしに叱られて却下されてしまいました。

父親には青春などなかったと言っていましたので、悔しかったみたいです。だから、自分の子どもにだけは、好きな職業に就《つ》かせてあげたい願望も重なってか、ぼくの夢を快《こころよ》く承諾してもらいました。

のちに、妹・未来《みらい》を交えた家族会議を開いて、改めて了承されました。嬉しかったです。

特に、心強かったことは、妹の意外な一言でした。

ぼくより二歳年下の未来が〝この家の暖簾《のれん》は、わたしが守ります〟の発言。には驚きました。

ぼくを上回る考え方をしっかり持っていたことです。

ただ、医者になるにはそれ相応の学費や入学金などの費用が掛かることも承知しています。

だから、すんなり入学できるとは思っていませんし、ぼくのために借金を両親に負わせるのも頭を過《よぎ》りました。

決して、裕福な家庭でもないですし、ぼくの妹の未来の将来も掛かっているので考えさせられました。

でも、諦《あきら》めたくありません。自分がどこまで出来るかわかりませんが挑戦したいんです。頑張ってみたいんです！

最後に一言だけ言わせて下さい。

何事においても決めつけての発言は、どうでしょうか？

他人には、人の心の中まで読み解くことなど出来ないはずです」

最初のか細い声から、いつしか力のこもった強い言葉で夢を語ってくれた希望だった。

希望の発言を聞き入った恋美は、恥ずかしかったことよりも、決めつけて発言したことを悔《く》やんだ。

「それぞれの家庭での事情はあろうかと思いますが、素晴らしい将来の夢ですね。

若竹君の夢実現に向かって、先生たちは出来る限り支援したいと思います。

一緒に頑張りましょう。

いつでも分からないことがあったなら、職員室へ足を運んで下さい」

勉は、希望の澄《す》んだ瞳を見つめると、自分が志《こころざ》してきたことと異なっていることに気づかされていた。

この子どもたちは、これからいくつものの茨《いばら》の道を乗り越えて、自分の歩む道を探し当てる厳しい時期に差し掛かっているのが、勉の目の中に飛び込んでくる大切な青春真っ盛りを悟る時間だった。

　塞《ふさ》ぎ込んでいる恋美を励ますつもりで、勉はやさしく声を掛けた。

「花咲さんの夢を話してもらいませんか？」

「はい。わたしは小さいころから今日まで、ピアノや日本舞踊などを習ってきました。もし夢が叶うなら、日頃から音楽などに触れることが多かったわたしの高望みですが、ピアニストになり世界各国を飛び回るオーケストラの一員として活躍したいと思っています。

　どうしても難しいと思った場合は、子どもが大好きなので、子どもたちと一緒に遊んで学べる保育士を目指したいと思います。

　いずれにしても、子どもたちと一緒に楽しむうえでも、ピアニストの道に進むにしても、一番大切な基礎となる知識や専門学が重要になってきますので、東京の音楽大学へ入学して自分を磨きたいと思っています」

　恋美もまた、希望同様に自分の進路を精一杯主張していった。

　恋美の発言が終わったと同時に、

「良いよな〜。お嬢様は！

　お金持ちだから？　何も困るものもないもんな〜」

突然、ヤジが飛び出した。

クラス内を引っかき回すお調子者の高橋敏行《たかはしとしゆき》である。

クラス内は、騒然となった。

「止《よ》せよ！　河野先生も言ってたじゃないか？　あくまでも夢を語る授業に過ぎないんですよね。河野先生！」

光一郎は、勉に救いを求めた。

「花咲さんありがとう。冒頭、そんなに深掘りする授業じゃなくて自由討論会といったはずです。

だから、今のような個人攻撃はやめましょう。良いですね！」

勉は、厳しい口調で注意を言い渡した。

それでも、クラス内は騒々しかった。

何気ない小さな言葉が、聞き取り方によっては物事を大きく混乱に導くことを、勉は肌で感じていた。

「光一郎、おまえ恋美に好意抱いているんじゃないのか？

本当は好きだったりして？」

突然の敏行のからかう一言で、クラスの中は一層険悪な空気が流れはじめた。

面白くないのが光一郎。

笑いものになっている雰囲気が、光一郎には耐え切れなかった。

一段と大きな声が教室に響き渡った。

「ふざけるな！　馬鹿も休み休み言えよ。いまの言葉取り消せよ～！」

本当はクラスの中を和《なご》まそうと思って、ふざけ半分のつもりで発した言葉が、物事を大きくしてしまったことに、敏行は引っ込みがつかなくなっていた。

男の意地である。

正直、誰か仲介に入ってくれることを敏行は密かに望んでいたものの、心の中の言葉とは裏腹に口から、

「そんなこと言って良いのかな？　新聞少年！」

隠し通していた単語が発せられたことで、憤《いきどお》りを覚えた光一郎は、我慢を通り越してしまった。

「敏行！　ここで、言っていいことと悪いことぐらいわからないのかよ～。後で話をつけようじゃないか？」

光一郎の机と椅子が床を擦《こす》り出した。

厳正なる聖域の教育の場ということを、お互いが感情に溢れすぎて忘れてしまって

いた。

険悪な二人の会話に割って入る勉は、

「いい加減にしなさい！

ここは教室であり勉強するところです。

喧嘩をするところではありません。喧嘩をするなら教室から出て行きなさい！

もし、それが出来ないなら、二人は職員室へ後で来なさい！　良いですね」

光一郎と敏行は、顔を赤くしたまま天を仰いでいた。

勉は立て続けに、クラスメイトに向かって、

「中々、授業中に喧嘩することなど皆無ですが、先生もびっくりしました。

普通に考えると、放課後改めて喧嘩をするんですか？　違いますよね。

考えるに、これも青春なんですね。

この授業が、みんなの心の中に仕舞われて一生の思い出になるんですよね。羨ましいです。

でも、二人は大きな影響をクラスメイトに与えてしまったのですからペナルティです。

必ず、放課後、職員室へ来て下さい。良いですね」

瞬間湯沸かし器と囁《ささや》かれている勉が、真逆のやさしく諭《さと》すように語りかけていたので、クラスメイトはお互い顔を見合わせていた。

争いは大嫌いだった。

「いつも、仲の良い二人が衝突することもあるんですね？　ただ、二人だけの討論会じゃないことだけは分かって下さい」

勉は、天を見上げている光一郎に向かって、

「島本君の将来の夢を話してくれませんか？」

冷静さを取り戻そうとしている光一郎は、名指しされて慌てた。

教室内の空気をいっぱい吸い込んで、心を落ちつかせようと努力する光一郎は重い口を開いた。

「ぼくが密《ひそ》かに隠していた秘密を、敏行にみんなの前で暴露されてしまったことで動揺してしまいました。

本当は、ぼくの生活エリアに踏み込んでほしくなかったのです。

みんなも密かに隠したい秘密が、一つや二つあるでしょう。

だから、堪忍袋の緒が切れちゃいました。本当にごめんなさい。

ぼくを見て判断して下さい。

青春の体臭が染み込んだ学ランは、生地が焼けてテカテカに光る物を着こさなくてはいけない環境の中で生活しています。

ボロボロの学生服よりはマシかと思います。

正直、新品はもとより真新しい古着があれば譲り受けたいのですが、みんなのお母さんと一回りも年の差のある年老いた母親に負担を掛けられません。

学生生活も残り僅《わず》かなので我慢して着こなしています。

みんなには迷惑を掛けているかもしれませんが謝っておきます。ごめんなさい」

光一郎は立ち上がって、前後左右のみんなに向かって頭を下げた。

敏行は、光一郎の禁断の中に立ち入ったことが悪いと思ったのか、頭を下げたままだ。

反省ポーズである。

光一郎は、一息入れて語りはじめた。

「出来れば、ぼくは将来安定した職業に就《つ》きたいと思っています。

なぜなら、これ以上母親に苦労を掛けさせたくないからです。

女手《おんなで》一つで、ぼくを育てながら生活を維持するため夜遅くまで働いている姿を見ていると、男としてやるせない気持ちになります。

どうしても、母親だけには幸せになってもらいたいです。最低でも苦労した年《とし》の分だけは、楽《らく》をさせてやりたいのです。学費や小遣いぐらいは、自分で稼ぎたいと思って新聞配達を始めました。これから先は、ぼくが大黒柱になって生活を支えてゆきたいのです。ですから、母親一人を残して、郷里を離れて就職するつもりは毛頭《もうとう》ありません。故郷を守るのは、ぼくの務めだと思っています。出来ることなら、就職先は地元の銀行か麓山市《はやまし》職員などの手堅い職業に就きたいと思いますが、どうしても今の成績では難しいと河野先生から指摘されました。それもそうですよね。授業中、いつも居眠りしているんですから……」

心優しい光一郎は、耳たぶを真っ赤にして反省の弁と将来の夢を語った。

誰ひとり、光一郎の話にちょっかいを出すことなく、教室の中は異常に静まり返っていた。

元気を取り戻そうと勉は、

「島本君ありがとう。

決して、新聞配達が恥ずかしいことなんかありませんよ。自信を持って下さい。

でも、今まで知らなかった島本君の日常生活を垣間《かいま》見えたようで、嬉しかったです。

だから、授業中に舟を漕《こ》ぐことが多かったのですね。他の先生からも指摘されることがありましたが、報告しておきます。

だからと言って、居眠りをしても良いとは言っていませんよ。

それだけ、必須科目の取得単位が衰《おとろ》えて、進級や就職に影響を及ぼすことは間違いありません。

場合によっては、卒業にも影響が出てきます。

みんなに一言、注意しておきます。気をつけて下さい。

残り僅かな貴重な時間を無駄にすることなく、二度と来ない学生生活を謳歌《おうか》しようじゃありませんか？　先生もお手伝いしますよ。

最後になりますが、高橋君の夢を聞いて、ホームルームの時間を終了したいと思います。それでは、良いですね。

それでは、お願いします。高橋君！」

名指しされた敏行は、ホームルームの時間を取り乱してしまったことに対して、自分が蒔《ま》いてしまった罪悪感の気持ちを落ちつかそうと、深呼吸するのだった。

「ぼくも、みんなに不愉快な思いをさせてしまったことと、光一郎の心の中に土足で立ち入ってしまったことを謝りたいと思います。本当にごめんなさい」

はじめて、敏行は光一郎に向かって頭を下げた。

反省しきりの敏行は、クラスメイトに自分の夢を語りはじめた。

「ぼくは……。余り成績もそれほど良いとは思っていませんが、子どもの頃から車などの乗物が好きで、どうして動くのかを知りたくて分解することが多かったみたいです。

はっきり言って、壊し屋だったそうです。いつも、父親が修理してくれていたと聞いていました。

そんな生活の中で確信したことが一つだけありました。

今でもバイクが好きなので、自動車修理工場などで腕を磨いて、行く行くは自分の店を持つのが夢です。

その時は、無料《ただ》とは言えませんが、みんなが来てくれたなら特別格安で修理することを約束します。

ぜひ、来てください」

いままで緊張感漂《ただよ》うホームルームの時間が、敏行の何気ない呼びかけで、教室の中での笑い声が廊下まで零《こぼ》れた。

「ありがとう。高橋君。素晴らしい未来像でしたよ。

みんなの夢実現に向けて、先生たちも惜しみなくバックアップ（援護）することを約束します。

ただ、冒頭の島本君と高橋君の口論が気まずい空気を作り、ホームルームの授業がどうなっちゃうか、はっきり言って不安を通り越して諦《あきら》めムードで臨《のぞ》みました。

が、本当に望ましいホームルームが出来て、先生嬉しかったです」

勉が一時限目の授業を終わろうとしているところに、終了チャイムが鳴り出した。

「起立！」

再び、教室内に机と椅子がけたたましい床と擦れる音が鳴り響いた。

「礼！　ありがとうございました」

勉は、軽く頭を下げながらクラスメイトに向かって、

「次の授業前までに、正規の机と椅子を戻しておいて下さい。

それから、島本君と高橋君は、必ず、放課後職員室へ足を運んで下さいよ」

勉は職員室へ戻りながら、わがクラスと他のクラスとの比較を頭の中でまとめるのであった。

他のクラスは、授業中ではないものの暴れたり事件事故が絶《た》えない報告が、教職員会議で話題になっているのが不思議でならなかった。

勉は、もっと生徒の中に飛び込む勇気が必要じゃないかと思う熱血先生を目指していたからである。

だから、他人言のように受け流すことが出来なかった。

勉は、事件事故に遭遇していない限り、自分の境遇に案じて齷齪《あくせく》するタイプじゃなかった。

ただ、勉のクラスには目立とうとする生徒もいなければ、何事においても謙虚かつチームワークなる団結心がずば抜けていて、クラス全員で話し合うことが主流になっていたことも確かだった。

理想のクラスに自画自賛する勉がいた。

5　荒池公園での出来事

光一郎は、新聞配達はもとよりサイドビジネスとして時間に余裕があるときは、牛乳配達を手伝うこともあった。

特に、新聞配達のエリアと重なるように牛乳販売店の山崎雄三《やまざきゆうぞう》社長へ直訴して、調整できるか検討してもらっていた。

雄三は、光一郎に対して即答での返事はしなかったものの、配達エリアを密かに模索していてくれていた。

もう一つの理由《わけ》は、日頃の光一郎の新聞配達における勤務状態を幼なじみである泰榮に確認していたのだった。

泰榮から、光一郎はお墨付きの優等生の一人であることを推薦してくれていた。

また、早朝の配達仕事に関して求人募集をかけるも、中々人は集まらなかった。人材不足である。

本当は渡りに船の状態でありながら、勿体《もったい》ぶる雄三がいた。

二週間後、新たな牛乳の配達エリアを新聞配達のエリアに重ねた格好で、光一郎向けのオリジナルコースを作成してくれていた。

光一郎の朝の行動パターンは、新聞店から自転車を持ち出し牛乳販売店へ。配達する牛乳瓶と予備分を自転車の荷台両脇の大型バッグに入れて新聞店へ。新聞店で梱包された新聞紙を荷台と前籠《かご》に分けて、いざ出発。

光一郎が、いつも心掛けていることは、ひもじかった頃を忘れないように、必ず、花咲家の牛乳箱の中へ種類の違う牛乳瓶を入れることにしていた。

謎の牛乳瓶が牛乳箱に入っていることに、花咲家が不思議がらないように光一郎は、とても綺麗《きれい》な文字と文章とは言えないが、ひと言添《そ》えたメモを入れていた。

〝いつも、心温まる激励ありがとうございます。

感謝の気持ちを込めて、牛乳箱に牛乳を入れて参《まい》ります。空瓶は、牛乳箱へ入れておいてください。

新聞配達している者です〟

…………

自分の受け持ちの新聞配達と牛乳配達が終了したので、いつものコースを通って帰路に向かった。

人工池の荒池公園の中を横切ることが多かった。

荒池には、養殖されている珍種の数多くの鯉《こい》がところ狭しと泳いでいた。

鯉は、光一郎の姿を見つけるとわれ先にと群がってきた。

割り込みと横入りが当たり前の行動。

光一郎の、一日の癒《いや》しの時間になっていた。

ポケットに手を入れると、鯉の舞《まい》の水飛沫《みずしぶき》が激しさを増していた。

ポケットの中からパン屑《くず》を取り出して、群がっている鯉に向かって分散していった。

鯉の舞は静けさの中に響く、恋美のピアノ演奏に似て、光一郎には心地良い音色しか聞こえてこなかった。

光一郎の一通りの流れの中、公園のベンチに何気なく目を向けると、一人の老紳士が腰掛け蹲《うずくま》っていた。

ただ、背広姿の老人の洋服の汚れと革靴が泥塗《まみ》れだったこともあり、声を掛けてみた。

「スラックスの膝《ひざ》の部分が汚れていますが、どうかされましたか?」

「………」

「怪我《けが》はしていませんか?」

「…………」

光一郎は、老人の顔を覗《のぞ》き込んだ。

無精髭《ぶしょうひげ》を生やし頰《ほほ》がこけ、日本人離れした顔つきが印象的な老人だった。

「大丈夫《だいじょうぶ》ですか?」

「…………」

老人は、光一郎の質問に答えようとしていても唇が思うように動かないのか、体が小刻みに震えていた。

老人のただならぬ姿を目の前にした光一郎は、何とかしなくちゃいけない思いに駆られた。

光一郎は、何を思ったのか、一目散《いちもくさん》に自転車に向かった。

息を荒げた光一郎の手元には、一本の牛乳が握られていた。

老人に差し出した。

「これを飲んで下さい」

「…………」

身振り手振りで、牛乳を飲むよう説得に心掛けた。

老人は、目を瞬《まばた》きしながら、ゆっくり飲みはじめた。

飲み干した牛乳瓶を、光一郎に手渡した。

「大丈夫ですか？」

「………」

老人は、日本語を少し理解していたものの、返答出来るまでの日本語を修得していなかったことが、自分の恥を公《おおやけ》にしたくない自尊心から、言語能力が欠けている振りをして、光一郎を騙《だま》してしまった。

騙されていることなど知らない光一郎は、老人を近くの警察署に連れて行こうとしたのだが、公園から大分離れていたことに気づかされた。

光一郎は、考えた。

警察署よりも近い自宅に案内することを決めた。

一刻も早く、震えている老人に熱いお茶を飲ませて落ち着かせたかったのだ。

老人にやさしく肩に手を掛け、ベンチから立ち上がらせた。

足元が覚束《おぼつか》ない老人を自転車の荷台に乗せ自宅へ。

重たかった。

いつも以上に、疲れた。

「お母《か》ん〜、ただいま〜」

「お帰り！　疲れただろう。朝食のご飯出来てるよ。早くお食べ！」

小春は、光一郎を迎えに玄関先に出て驚いた。

見ず知らずの泥だらけ老人が、光一郎の肩に手を掛けていた。

「どうしたの？」

「どうもこうもないんだ。

公園のベンチで倒れていたんで、警察へ届けるよりも自分の家が近かったんで連れて来ちゃった。

見たところ、体が衰弱しているみたいなんで、元気をつけてあげてから警察まで送ろうと思っているんだけど？　お湯沸《わ》いてる？」

小春は、何を勘違いしたのか、

「お湯は沸いているけど、お風呂は沸いていないよ」

「違うよ。体を温めてもらうための、お茶を飲ませたいんだよ」

「アッ、そうなの。わかったわ。早く上がってもらって！」

小春は、台所へ。

光一郎は、老人を卓袱台《ちゃぶだい》へ案内した。

小春は、湯飲み茶わんにお茶を入れて老人に手渡した。

老人は、申し訳なさそうに頭を下げ、はじめて言葉を発した。

「テシェッキュル　エデリム（ありがとうございます）」

聞き取れない言葉が、耳に届いた。

光一郎と小春が顔を見合わせた。

老人は、お茶の温かさと室内の暖かさに負けてしまったのか、瞼《まぶた》が閉じはじめ、体が左右に軽く揺れ出した。

老人の異様な動きに気づいた小春は、座布団を数枚用意し出した。

二つ折りの座布団は老人の頭に、残りの座布団は体を冷やさぬように下に敷いたのだった。

体の上には、タオルケットをやさしく掛けた。

老人は、安心したのか鼾《いびき》を掻《か》きはじめていた。

深い眠りに入った。

小春と光一郎の優しさが裏目に出ることなど知る由《よし》もなかった。

小春は、光一郎を小部屋へ呼び出した。

「光《こう》ちゃん、どうするの？

あの人、会話が出来ていないんだけど？　日本人じゃないんじゃないの？

どう見ても、顔の輪郭がどことなく違和感を覚えるのよね」

「そ〜お？　おれにには、そうは見えないんだけど？

言語障害じゃないかなと思うんだけど？

仮眠から目が覚めたら、警察まで連れ添ってあげる予定だから安心して！

ごめんね、お母ん」

「光ちゃんは人が良すぎるんだから、これからは気を付けてよ！」

「はい、わかりました。本当に、ごめんなさい。

ところで、あの人起きたら軽い食事でも作ってあげてよ」

小春は、光一郎に注意しながら、老人の履いていた泥の革靴を拭きはじめた。

光一郎は、自転車の返却のため新聞専売所へ。

小春は、不安を抱《いだ》きはじめた。

光一郎がいない間に、老人が起き出してきたらどうしようか、不安が頭の中を過った。

小春は、老人が寝ている間に、隣の志のぶに相談するのだった。

「エッ、なにそれ大丈夫？　知り合いの人じゃないんでしょう。早く、警察に連絡したほうが良いわよ！」

「そうよね。でも、光一郎が無理に老人を連れてきたことなので、警察への連絡は、わたしからは出来ないわ」

「じゃ～、わたしからしてあげましょうか?」

「それは良いわ」

小春は、志のぶを制止した。

「光一郎から、おしゃべりと言われるのが落ちだし、叱《しか》られるのが見えるから?

それよりも、何かあったら応援してね」

「わかっているわよ。心配しないで!」

二人の井戸端会議の最中、光一郎が戻ってきた。

「おかえり」

志のぶが、あいさつを交わした。

「ただい～ま! 今、国道沿いが騒々しかったよ」

「何があったのかしら?」

「パトカーや白バイがサイレン鳴らして、物々しく厳重に警戒して走り回っていたよ」

「佐藤所長が言っていたんだけど、昨夜からサイレンがけたたましくて、うるさくて寝れなかったらしいよ」

「本当に、何があったんだろうね？」

…………

老人は、半日以上（十二時間）に亘る爆睡《ばくすい》から目覚めた。

顔色も良く、無精髭の間から笑顔が似合う老紳士に戻っていた。

顔の前に両手で拝《おが》むように、小春たちに向かって頭を下げた。

「テシェッキュル　レデリム（ありがとうございます）」

小春には、聞いたことのない言葉が耳の中に。

お礼を言っていることは、顔の表情から読み取れた。

はじめて、老人の笑顔を見た光一郎と小春は嬉しかった。

最初は、どうなることかと心配していたことが嘘のように、島本家に笑い声が戻った。

隣の志のぶも、壁に耳を当てながら笑顔を取り戻していた。

「お母ん！　早く夕飯にしてよ」

「はい、はい」

小春は、台所へ消えた。

光一郎は、メモ用紙を用意して筆談を心掛けた。

老人にメモ用紙を差し出して、

「お名前は？　どこから来たの？　どうして、あの公園にいたのですか？」

呼びかけに言葉が通じていないのか、戸惑いを抱いている老人。

光一郎は、ジェスチャーを交えて呼び掛けたのだが、老人は首を傾げながらもメモ用紙に向かって、文字を書きはじめた。

書きはじめた文字は、英語のスペルに似ているものの発音が如何《いかが》なものか首を傾げたくなる光一郎だった。

例えば、Uのスペルの頭の上に・が二つが横に並んでいたのと、gのスペルの上に✓がついていたのである。

読めなかったが、メモ用紙にびっしり書いてくれた。

老人は、ソワソワしながら背広のポケットの中を探りはじめていた。

何も出てこなかった。

老人は何を思ったのか両手を肩の横に広げて、

「バカル　ムスヌズ（すみません）」

と言いながら、身振り手振りで表現した。

それを見た光一郎は、

「今、わたしは何も持っていませんと言っているんじゃないの？」

小春に語り掛けた。

光一郎は、老人に向かって、

「そんなこと気にしないで下さい」

言葉を発しながら、身振り手振りで返した。

老人は、

「テシェッキュル　レデリム。バカル　ムスヌズ」

頭を何度も下げるのであった。

年老いた人に頭を下げさせることは、光一郎にとって苛《いじ》めているようで、余りうれしくなかった。

「時間も遅くなってきたので、真っ暗になる前に警察まで行きましょうか？」

老人も、言葉とジェスチャーの流れからか、日本語を少し理解してきたのか身支度をはじめた。

「テシェッキュル　レデリム。ホシュ　チャカルソン（さようなら）」

泥汚れが落とされた革靴に足を通している老人の後ろ姿が、亡くなった旦那の幹夫《みきお》に似ていたことが重なり涙ぐむ小春が隣にいた。

玄関には、志のぶも別れに参加してくれた。
老人は、小春と志のぶの姿が見えなくなるまで、別れを惜しんで手を振り続けた。
なぜだろうか、小春と志のぶの目には涙が溢れていた。
何事においても、別れは辛いものである。

6　麓山中央警察署内で流した涙

十二階の建物をしみじみと見上げた光一郎は、最上階から一階までの階数を目視で数えた。

麓山中央警察署の真正面には警察章（旭日章）が暗闇の中、間接照明の演出で光り輝いていた。

警察署の正門前に警杖《けいじょう》を携《たずさ》えて警備に当たっている笠原正修《かさはらまさのぶ》巡査が立番《りつばん》として勤務していた。

立番は、別名留番《りゅうばん》とも言われ、毎日の勤務ローテーションで入れ替わる職種になっていた。

立番は、主に警戒と一般者への署内誘導案内役であった。

突然、正修は光一郎を見つけるなり警杖を前へ突き出し、職務質問を開始した。

自分より年下の光一郎に対して、高圧的な言葉で質問が始まった。

「どちらに御用ですか？」

「はい。この方が迷子になっておりましたので、お連れしました」

「どこで？」

「荒池公園のベンチですが……」

正修は老人の顔を見るなり、光一郎に対して頭から威圧する押し問答を繰り返していた。

一人取り残された格好で老人が立っていた。

正面玄関で正修と光一郎の激論に、民友新聞社で県警記者クラブ所属の鈴木広行《すずきひろゆき》記者がいち早く気づき、光一郎たちの元へ駆け寄った。

待機していたマスコミ（新聞・雑誌・ラジオ・テレビなど）各社が、民友新聞社の記者の動きを察知し、一斉に署内から外へ飛び出した。

光一郎と老人に向かって、サーチライトが照らされた中で、ＴＶカメラやスチールカメラのフラッシュが一斉に焚《た》かれた。

慌てた署内の警察官が割り込んで入ったかと思った瞬間、光一郎と老人を強制的に引き離した。

真っ先に警察官が老人を囲んで、

「はい、はい。通して、通して！」

「改めて、みなさんたちには詳しい内容のプレスリリースを送ります。それまで、少し時間を下さい」

警察官と報道陣のやり取りに、光一郎は不意を突かれた感じで戸惑っていた。

ポツンと一人残された光一郎は、何が起こっているのか、事の重大さに理解出来ず、驚きと当惑でただ目を瞬きすることしか出来なかった。

「あなたは、この人をどこへ連れて行こうとしていたんですか？」

「…………」

「あの人は、トルコ人と知っていましたか？」

「…………」

「あの大富豪の名前を知っているんですか？」

「…………」

「身代金を要求したのですか？」

「…………」

「いくらですか？」

「…………」

「それとも、逃げられないと思って、自首してきたのですか？」

「…………」

「あなたは、未成年者ですか？」

「…………」

「いくつですか？」

「…………」

「なんでも良いので、答えて下さい！」

「…………」

矢継ぎ早の質問に対して光一郎には、無言のまま返答はしなかった。

正直、はっきりと聞き取れていなかったのだが、誘拐犯人と間違われていることだけは分かった。

心外だった。

怒りを通り越して、呆《あき》れていたものの何も言えなかった。

悔しかった。

悲しかった。

目から、自然と涙が流れ落ちた。

悔し涙だ。

光一郎の身柄確保のため、三人の警察官が周りを囲んで、報道陣をかき分け署内へ。

署内の署員や職員も、犯人を見つめる目でしか見えてこなかった。

怖い場所《ところ》である。

十八歳の光一郎には、二度とこの場所へ足を運びたい気持ちにはなれなかった。

本当に怖いところだ。

真っ先に通されたのは、取調室。

テレビなどで見る光景が、そのままだった。

これは、まさしく犯罪者を問い詰める狭い小部屋だ。

光一郎は、重大な事件の容疑者に仕立て上げられていたのである。

警察官から、パイプ椅子に腰かけるよう誘導された。

光一郎が、椅子に腰かける際、椅子と床のコンクリートに擦《す》れる音が、狭い取調室に響き渡った。

「ガリ、ガリ、ガリ～、カッキ～ン！」

取調室のドアをノックして、警察官の上司らしき雀《すずめ》之《の》宮公三郎《みやきみさぶろう》警部が入ってきた。

光一郎の向かいに座るなり、やさしい口調で語り掛けた。

「島本光一郎さんですか？」

見ず知らずの光一郎の名前を、公三郎は事前に知っていた。

地域の個別家庭調査表から情報を得ていたのである。

ショックのあまり光一郎は、か細い声で、

「はい」

「単刀直入にお聞きします。あなたは、あの方の名前をご存知ですか?」

「いいえ」

「あの方の名前は、ムスタファ・ケマル・バシャールと言って、トルコ共和国でチェリー（さくらんぼ）栽培を一手に繰り広げる大農園のオーナーです。

知っていましたか?」

「いいえ」

公三郎の矢継ぎ早の質問には、「いいえ」の答えしか出来なかった。

「ところで、バシャールさんとは、どちらでお会いしましたか?」

「はい……。荒池公園のベンチに、一人蹲《うずくま》っていましたので声を掛けました」

「それから?」

「バ…シャールさんは、目がうつろで体が冷え切っていると思いましたので、ぼくが配達で持っていた牛乳を飲んでもらいました」

「それから？」

「最初は、麓山中央警察署へお連れしようと考えましたが、バ…シャールさんの体の衰弱から、警察署や病院より自宅の方が近かったことも大きな要因で連れ帰りました」

「救急車を呼ぼうとは思わなかったのですか？」

「気が動転していて、公園内の公衆電話まで気が付きませんでした。

それより、バシャールさんの顔色がどんどん変化してゆくのが、素人のぼくでさえわかり、早く休ませたい一心でした」

「ところで、この案件は誘拐事件に匹敵する扱いで、マスコミ関係者には全面的な報道協定に基づきながら、極秘捜査をしていましたから。

そして、昨夜から不眠不休で、広域範囲に渡って捜査員総動員で探し回っていました……」

公三郎は、光一郎を見つめながら、

「あなたは、テレビやラジオをお聞きにならないのですか？

特に、あなたは新聞配達に携わっている人ですから、紙面はいつも目に触れますよね？」

「はい。朝刊にも夕刊にも、トルコ人の行方不明記事など掲載していなかったと思いますが？」

「その通りです。先ほども報道規制を敷《し》かせていただいたので、一切掲載していません。あなたを試させていただきました。申し訳ない」

高飛車に出ていた公三郎は、はじめて年下の光一郎に頭を下げた。

この取調べ方法も、警察にとっては常套《じょうとう》手段の一つになっていた。

光一郎は、何を思い出したのかスラックスのポケットに手を入れ、メモ用紙を公三郎に差し出した。

メモ用紙を受け取った公三郎は、びっしり書かれた謎の文字が気になったのか、部下の福島学《ふくしままなぶ》警部補へ手渡し、解析してもらうよう頼み込んだ。

「もう一度確認したいことがあるんですが、よろしいでしょうか？」

「はい」

「今までに係わった事柄を時系列に沿って、どのように過ごしたのかを詳しくお聞かせいただけますか？」

「時系列？」

光一郎は、公三郎へ聞き返した。

「バシャールさんと出会ってから、ここ本署までの経過を時間ごとに説明して下さい」

「バシャールさんと出会ったのは、荒池公園ベンチ。

顔色が優れないのと疲れ切っている姿が印象的で、牛乳を飲んでいただきました。

警察より自宅が近いので、自転車に乗せて自宅へ。

自宅で熱いお茶を飲んでいる中、睡魔が襲ったようでそのまま爆睡したので横になってもらいました。

疲れていたのでしょう？　十二時間は優に寝ていました。

最初に出会った頃の顔色と小刻みに震えていた体が、想像できないくらい元気になったように見受けられました。

その後、夕食を母親と三人で楽しく食べました。

これが、今までの行動パターンです」

光一郎の報告が終わるか否《いな》かのタイミング良く、取調室のドアをノックして学が入ってきた。

「失礼いたします。署内に待機していただいているバシャール様の通訳者でエルダー三本木《さんぼんぎ》さんに翻訳していただきました。

先ほどお預かりしましたメモ用紙は、バシャール様本人の直筆だそうです。

内容は、バシャール様の名前、住所並びに大変お世話になった感謝文だそうです」

学は、翻訳された用紙を公三郎に手渡した。

手渡された翻訳用紙に一通り目を通した。

公三郎は、光一郎の一連の行動に感服するしかなかった。

それを、実行している光一郎が目の前にいることが不思議でならなかった。

これ以上、光一郎を追及することなど出来る雰囲気でもなかったので、断念せざるを得なかった。

急に立ち上がった公三郎は、何を思ったのか光一郎に右手を差し出した。

握手を求めたのだ。

椅子とテーブルがぶつかる音が、取調室に響いた。

感謝へのメッセージを込めた行動であった。

大人顔負けの考え方と態度が、十八歳の少年を作り上げていたのである。

それよりも、光一郎を犯罪者扱いにしてしまったことが悔《く》やみ切れなかった。

この純朴な光一郎少年を、頭ごなしに決めつけてかかってしまったことが、残念でならなかった。

反省する公三郎は、

「この度は、警察への全面協力により、重大な犯罪を未然に阻止していただきまして、ありがとうございました。

全署員に成り代わりまして感謝申し上げます」

頭を下げるのであった。

周りにいた捜査員は、公三郎のがらりと態度を変えた（手のひら返し）姿に、唖然《あぜん》とした表情で立っていた全署員も、一斉に頭を下げた。

暗い雰囲気を払拭するため、学は気を利かし公三郎に耳打ちをし出した。

「うん。わかった。早くお連れしなさい！」

了承を得た学は、取調室を後にした。

「島本さん。どうしても、バシャールさんが直接お礼を申し上げたいとのことなので、お連れするよう指示しました。

よろしいでしょうか？」

「はい。ありがとうございます。ぼくも、もう一度お会いしたいです」

「島本さん、バシャール様が来るまで、どのくらいトルコ共和国を知っているか雑談でもしませんか？」

「はい」

「それでは、トルコ共和国と日本国との歴史を紐解きましょうか？　トルコ共和国と日本国とは深い親交があることはご存知ですか？」

「はい。間違っているかも知れませんが？　トルコ共和国は、昔から親日国と聞いております。

　例えば、大昔の１８９０年だと思いますが、使節団が日本に親書などを手渡し帰国の途についたが、運悪く大型台風に巻き込まれ船が座礁して沈没。乗組員の死傷者が多数出てしまい、座礁から近い紀伊大島の住民が救援に駆けつけ約70名を救出した。

　知らせを聞いた明治天皇は、直《ただ》ちに医師団と看護師を派遣し、救援に全力を注《そそ》いだ。

　また、日本全国から義援金や弔慰金が寄せられたことを、トルコ国内で大きく報道され、日本人に対する友好的な感情が出来上がったと言われています。

　これが、エルトゥールル号遭難事件じゃないでしょうか？」

「さすが、現役の学生さんですね」

　公三郎は、光一郎の解答に感心していた。

「これだけじゃないんですよね」

一はい。トルコ共和国と日本との関わりは沢山《たくさん》ありました。

代表される最近の事件では、１９８５年イラン・イラク戦争（別名、イライラ戦争）の最中、イラン在留の日本人救出のためにトルコ航空機が出動し、約２００名以上を救出されたことが、日本から大々的に国内外へ報道されました。

また、お互いの国は地震国としても有名で、現在も日本国とトルコ共和国間では、災害が出るたびに救援隊や支援隊などを、お互い派遣する強い絆が出来上がっていると聞いています」

「さすがですね」

公三郎と光一郎はトルコ共和国に関する雑談で時間を潰《つぶ》していた最中、取調室のドアをノックすると同時に、学を先頭にバシャールとエルダーが入室してきた。

バシャールは、涙を流していた。

光一郎の顔を見るなり、いきなり抱きついてきた。

なぜか、光一郎も目元が潤《うる》んでいて、バシャールの顔を見た途端《とたん》涙が零れ落ちた。

隣のエルダーも、もらい泣きをしていた。

バシャールは、エルダーに耳打ちをはじめた。

エルダーは涙を拭きながら、

「バシャール閣下が一番気にしていることは、こちらにいらっしゃる島本様が、何か悪いことをしたのですか？

話の進め方などに問題です、と指摘しておりますが？」

「……はい」

恐縮した公三郎は、頭を下げることしか出来なかった。

立て続けに話を進めるエルダーは、取調室の隅に設置されている監視カメラを指さした。

「こちらの取調室の映像と音声がライブ（生中継）だったので、バシャール閣下は言葉を理解していなかったこともあり、わたしに包み隠さず通訳するよう要請してきました。

わたしも完璧《かんぺき》な通訳になっていないかもしれませんが、包み隠さずありのままを通訳しました。

その内容を聞くたびに、バシャール閣下は目を潤ませていました」

バシャールと光一郎は、長い抱擁《ほうよう》になっていた。

「本当に申し訳ございませんでした」

公三郎は、抱き合っているバシャールと光一郎に向かって、深々と頭を下げるのであった。

バシャールは、光一郎に、

「テシェッキュル　レデリム、テシェッキュル　レデリム！」

通訳者のエルダーは、

「ありがとう。本当に、ありがとう」

とバシャール閣下が言っております、と訳した。

光一郎も、バシャールの顔を見つめて、

「こちらこそ、ありがとうございました。

たった半日の短い交流でしたが、なぜか密度の濃い長い一日のようで楽しかったです。

わたしの一生涯の中で、忘れることの出来ない一ページになりました。

本当にありがとうございました」

エルダーは、光一郎の発している言葉を、正確にバシャールに通訳していた。

「先ほど応接間で、このようなバッシングに耐え忍んでいる島本様を可哀《かわい》そうと感じ、バシャール閣下自《みずか》ら蒔《ま》いてしまった種を拾うことにしたそうです。

従いまして、バシャール閣下を助けていただいた島本ご家族を、トルコ共和国へご招待したい旨《むね》、伝えて下さいとのことでした」

　エルダーは、バシャールから相談を受けた内容を、そのまま公三郎たちの前で発表した。

　一番驚いたのは、光一郎だった。

戸惑いながら、目を大きく見開き天井を見上げることしか出来なかった。

涙が零れ落ちないよう天を仰いだのである。

エルダーは、最後に公三郎にお願いごとを話しはじめた。

「今回、このような事件・事故に巻き込まれ戸惑っています。

わたしが傍《そば》にいながら、バシャール閣下と逸《はぐ》れてしまいました。

これは、わたしの責任問題に値《あたい》すること間違いありません。

ただ、安心・安全な国と評《ひょう》される中、命より大切なパスポートを奪われること自体残念でなりません。

お金は、働けば（労働）どうにでもなりますが、トルコ共和国に帰国することが出来ません。

　パスポート再発行には時間がかかるのです。どうか、一日でも早く発見されることを願います。

よろしくお願い申し上げます」

「はい！　全署員、全力を挙げて捜査して参ります。

バシャール閣下の発見場所から、半径十数キロの範囲内の防犯カメラを徹底的に分析して、犯罪を突き止め早期発見に努めることをお約束いたします」

先ほどまで、バシャール氏をさん付けで呼んでいた公三郎は、途中から閣下へ切り替えていたのが滑稽《こっけい》でならなかった。

一通りの事情聴取が終了したことを、光一郎やバシャールとエルダーに伝え、取調室を退席することになった。

再び、光一郎とバシャールが抱き合って別れを惜しんだ。

7　シンデレラボーイ誕生

「おはようございます」

「ヨッ、時の人登場！」

新聞配達の上司でひと回り年上の七海匡光《ななうみただみつ》が、光一郎に向かって冷やかしはじめた。

「イヨッ、日本のヒーロー！」

人は、一度輝かしい脚光を浴びると、思い上がって人を軽く見て小馬鹿にする傾向にあるのだが……。

しかも、光一郎には昨日の出来事は過去の一つとして捉《とら》え、栄光を噯《おくび》にも出すことなく、それらしい素振りも見せないことが、逆に妬《ねた》みや嫉妬《しっと》を誘発《ゆうはつ》することも多くなっていた。

なぜなら、ヒーローになると、自分たちから遠く手の届かないところに旅立ってしまうのが、怖かったからだ。

「そんなに、光《こう》ちゃんをからかうんじゃないよ。いつもの働き者の光ちゃんが来てくれたんですよ。

本来なら、今日は休まれても可笑しくない日なんです。

その分、みんなに負担が掛かるじゃないですか？

ありがたいと思わないといけないんじゃないですか？

見てください。あっちこっちにカメラを片手に待ち構えている人がいるじゃないですか？

あの人たちは、マスコミのみなさんです。仕事に支障をきたす恐れがあるかも知れません。

みなさんに注意しますが、インタビューされても余計なことを話さないで下さい。特に、光ちゃんは気を付けて下さいね」

泰榮は、みんなに向かって激を飛ばした。

突然、匡光は光一郎が掲載されている各新聞社の新聞をテーブル上に並べた。

各新聞紙の表紙タイトルは、光一郎に関わるものばかり。

特に、新聞社によっては首を傾げたくなるもので、区々《まちまち》で大袈裟《おおげさ》なタイトルのものばかりだった。

【新聞配達少年が、日本を救う!!】

【少年の行動、あなたは出来ますか？】
【トルコ共和国へ、新聞配達少年ご招待!!】
【ひとりの少年、トルコ共和国との絆をひとり占め!!】
【日本の安全・安心な国、崩壊か？】
匡光は、泰榮に向かって、
「所長！　毎朝新聞に、光ちゃんのドアップ写真が掲載されていますよ。
それも、新聞配達している笑顔の写真です。
可笑しいんです。昨日の今日で、こんな笑顔の写真は撮《と》れないはずですが？
誰かがリーク提供したんですかね。誰だろう？　怖いですね。
でも、マスコミのネットワークは凄《すご》いんですね。
ただ疑問なのは、この専売所の中に情報提供者はいないですよね？」
専売所の中は、異様な空気が流れていた。
「はい、はい。手が止まっていますよ。
お客様は、首を長くして新聞が配達されるのをお待ちですよ。
配達の準備が出来次第、出発して下さい」
泰榮は、従業員に喝を入れはじめた。

「もしかすると、マスコミから取材申し込みを受けるかもしれません。くれぐれもお話に尾ひれを付けて話さないように注意して下さい。言葉には責任を持って話すように……。なぜなら、言葉を聞いた聞かない言った言わないの世界です。活字になってしまうと訂正が難しくなっちゃうんです。言いたいことはいっぱいあるでしょうけど、無言を貫《つらぬ》くのも美学です。今日も、がんばりましょう」

匡光たちは一斉に、新聞配達エリアへと拡散していった。

マスコミも、光一郎の働いているワンショットを撮るため、一斉に動き出した。

光一郎がマスコミを連れて新聞配達している異常な雰囲気が、町を飲み込んでいた。

行く先々で、見ず知らずの人から、

「おめでとう」

の声を掛けられることも多くなっていた。

頭を下げることしか出来なかった。

恥ずかしかった。

早く、この場所から逃げたかった。

マスコミはこの瞬間とばかりに、ハンディTVカメラやスチールカメラのシャッターを押すけたたましい音が、静かな朝を呼び起こすのだった。

光一郎の新聞配達姿と町民から祝福されている姿を、カメラに収めたかったのである。

好きなポーズ（瞬間）を撮り終えると、各社散り散りに自社の報道室へ。

しかし、今日の配達は普段と違う雰囲気が漂っていた。

お客様（契約者）は、待ちぼうけ状態で玄関先まで出て、光一郎を待っていた。

事前にテレビなどのニュース速報として流されていたこともあり、一分一秒でも早く身近な時の人に会いたかったのである。

それも一日でも早く、光一郎に感謝の言葉を伝えたかった。

「いつも、ありがとう」

「お疲れ様」

「大変だったね」

「お茶でも飲んで行きなさい」

の数々の感謝の言葉や応援メッセージが投げ掛けられた。

嬉しかった。

疲れなどが、しゃぼん玉になって吹っ飛んで行くのが、光一郎には見えていた。

8 時の人登場

いつも、学校登校がギリギリの時間になってしまう光一郎。

なぜか今日に限って、学校内外が騒々しかった。

事前に校内放送で、全校生徒が校庭に招集させられていた。

校庭には校長先生はじめ全校生徒が、時の人なる光一郎を待っていた。

学校の粋《いき》な計らいで、学校の花壇で園芸部生徒が栽培していた花で、朝早く出勤していた管理人さんが花束を作ってくれていた。

当然、園芸部長に事情説明しての花摘みだった。

用意された花束を、一年後輩の生徒会長が大事そうに抱えていた。

額《ひたい》に汗を滲《にじ》ませた光一郎を、担任の勉が引率して校庭へ。

光一郎が登場するや否や、校長はじめ全校生徒から歓迎の拍手が沸き起こった。

中には、指笛を鳴らす者も出る始末。

大歓声は、学校の外まで流れた。

近所に住む住人は、何事が起きているのか気になりはじめていた。

学校では、光一郎の人命救助に値《あたい》する出来事などを、新聞紙面などで知り得た内容を事細かく披露する校長だった。

長い長～いスピーチだ。

生徒も飽《あ》きてきたのか無駄話で騒がしくなっていく。

校長の話が終わるか終わらないかの合図として、生徒から疎《まば》らな拍手が沸き起こった。

ヒーローの登場前の拍手じゃなくて、早く終われの合図でもあった。

いよいよ、ヒーローの登場。

朝礼台に上がる前の紹介で、一段と強い拍手と歓声が沸き起こり鳴り止まなかった。

光一郎は、恥ずかしかった。

クラスメイトの希望や敏行たちは、身近な光一郎が紹介されただけで鼻高々の気分にさせられていた。

嬉しかった。

誇らしかった。

光一郎は、朝礼台に上がるのもはじめてだった。

「おはようございます」

「おはようございま〜す」

全校生徒と光一郎との朝のあいさつがはじまった。

あいさつの声が、山に響くこだまのように校舎へ反響していた。

「ありがとうございます。

ぼくは、け、決して並外れたことをしたとは思っていません。

ぼくだけじゃないと思うんですけど、人が倒れていれば、だれでも見て見ないふりは出来ないんじゃないですか？

ぼくは、思い切って声を掛けました。これは、ぼくにとって運命的な人との出会いの日だったんです。

だから、昨日のストーリー（物語）は、自然と出来上がっていたんじゃないかなと思うようになりました。

ぼく自身、自分向けのストーリーなどは書けないし、空想は描いても現実とのギャップ（食い違い）から来るショック（心の動揺）の方が大きいので絶えられません。

波に逆らうことない無難な船を乗り熟《こな》したいと思います。

ありがとうございました」

光一郎は、みんなに向かって頭を下げ、朝礼台を下りた。

朝礼台を下りたにもかかわらず、拍手は鳴り止まなかった。

偉《えら》ぶることもない、謙虚なあいさつが短かったことが好感を得た拍手に表れていた。

勉のクラスは、てんやわんやの大騒ぎ。

勉は、光一郎と一緒に教室に入ってきた。

「は～い。席に座って！」

勉は、両手を叩きながら催促した。

「みんなの島本君が帰ってきました」

全校生徒の前から解放された光一郎に笑みが戻っていた。

何と言っても、気心が知れているクラスメイトの顔を見ると、落ち着きを取り戻せた。

やはり普段通りの生活が一番であることを再認識するのだった。

なぜなら、冷静な目で見ると、一時《いっとき》の脚光を浴びた状態である自分を、光一郎は悟っていた。

クラスメイトと会話していると、素の自分が取り戻せる感じがして安心するのだ。

楽しかったことも苦しかったことも、日時《とき》が過ぎ去れば忘れられてしまうことへの例えとして〝喉元過ぎれば熱さを忘れる〟の諺《ことわざ》を思い出していた。

みんなに言いたい。

そんなに騒がなくても、当たり前のことをしただけなので、騒がないでほしいと思う光一郎。

こんな小さな事件を大々的かつ過剰な報道によって、ヒーローを作り上げる平和なわが国を不安に思うのだった。

特に、沈着冷静な光一郎は、自己評価を百点満点中六十点と下した。

満たない四十点を評価するに、

『人を助けるには自己判断ではなく、必ず、救命救急車を呼ぶか警察への連絡を怠ったこと』

『自宅へ連れ帰り、誘拐事件に匹敵する大事件になりかねない影響を与えていたこと』

などを比べ合わせて考えた採点である。

だから、この事件にばかり関わっていられない大事な時期だった。

光一郎は、将来の職業として希望している地元の麓山市か銀行員のいずれかを受験することを、姉小路正孝《あねこうじまさたか》進路指導主任と勉を交えて相談していた。

9　青春の一ページ

卒業まで、あと二ヶ月。

クラスメイトの人生分岐点と言われている大学進学や就職先などからの合否に関する通知書が、本人に続々届いていた。

光一郎も、富士信託銀行の内定通知書をもらっていたものの、第一希望就職先である麓山市の合否通知書だけが届いていなかった。

不安もあったが、自信もあった。

待ち遠しかった。

職員室は、卒業生の大半が、大学合格通知書や就職採用決定通知書などをクラス担任の先生たちに報告も兼ねた生徒たちの自慢話と優越感に浸《ひた》る場所になっていた。

敏行は、地元でも有名な外車専門店・古谷モーターカー株式会社の整備士として就職内定が決まった。

恋美は、東京の国立音楽大学に推薦入学が決定していた。

中でも、超難関と言われている早慶大学医学部に一発合格を果たした希望は、少し窶《やつ》れ果て疲《つか》れ切った表情が痛々しかった。

合格するには、人一倍の努力と専門知識の解析を主流に、連日連夜睡眠を惜しみ最低十時間近く机に向かうことを心掛けてのチャレンジ（挑戦）だった。

努力が報《むく》われての合格。

一番喜んでいたのが学校側で、特に、希望を全面的に協力支援していた各教科の先生たちだった。

続々と内定や決定の報告を受ける勉は、うれしかった半面複雑な気持ちも頭の中を交差していた。

未決定の五分《ごぶ》の生徒たちへのフォローに関する授業を進めるに当たって、特にメンタル（精神面）を如何《いか》に補ってあげるかが、勉たち教師の重要な役割になっていた。

大学受験に失敗した生徒には、予備校への推薦や浪人生としての心構えをはじめ傾向と対策を計画するように進路指導部を中心にアドバイスしてあげるのだった。

また、就職に失敗した生徒には、希望している業種・業態のランクを下げるか、身の丈に合った就職先を再度紹介し、挑戦するよう説得を促《うなが》しながら、求人台帳からまだ募集している就職先を絞り込んで斡旋《あっせん》するのは正孝の仕事だった。

何事に於いても、学校側は百パーセントを求めた。

絶対に、学校側は生徒の取りこぼしなど許せないのである。

生徒たちの人生を左右する大事なこの時期は、勉たち先生はあれこれと気を遣《つか》って、心身ともに疲れる毎日を送るのが日課になっていた。

これもまた、先生冥利《みょうり》に尽《つ》きる思い出の一ページに付け加えられることも多かった。

「は〜い。これから、今月最後のトイレ清掃と体育館清掃の当番表が来ましたので、グループ分けしたいと思います」

勉は、隣の教室から預かった当番表（調査表）を見ながら、

「トイレ清掃は、Ａグループの安部喜代公《あべきよひろ》君を代表に、田中君、矢吹さん……でお願いします。

終わった後は、このチェックリスト欄へレ点《れてん》をつけて下さい。

もし、気が付いたことがあれば、ここに記入して提出して下さい」

「体育館清掃は、Ｂグループの高橋君を代表に、島本君、花咲さん、若竹君……にお願いします。

終わった後は、Ａグループと同じように、この用紙に記入のうえ提出して下さい。

お願いしますね」

勉は、喜代公たちにチェックリストを手渡し頼み込んだ。

喜代公たちは、割り当てられた清掃場所へ散《ち》り散《ぢ》りに去って行った。

体育館の清掃は大変である。

徒《だだ》っ広《ぴろ》い体育館の床を掃除する際は、五人一組になってモップを一人二本持ち、連行して清掃を隅々まで行うのだ。

恋美は、何を思ったのか光一郎のジャージの裾《すそ》を引っ張った。

「相談したいことがあるの？」

「どうしたの？」

「後で？」

「…………」

恋美は、下を向いたまま黙り込んでしまった。

「うん。分かった。じゃ～、掃除が終わったら放送室ではどう？」

恋美は、下を向いたまま頭を小刻みに動かして返事した。

みんなには悟《さと》られないように、二人は離れた。

光一郎は、何を相談されるのか、いろいろと思い巡らせてみたものの、何も思いつかなかった。

器具置き場の部屋に置いてある跳び箱やバドミントンポールなどの備品を整理整頓して終了。

敏行は、清掃の終了を知らせる言葉を発した。

「は〜い。この辺で、体育館の掃除を終わりにしたいと思います。お疲れさ〜ん。最後の報告書に記入して帰るんで、先に帰ってください〜」

希望たちは教室に帰ろうとしたところ、突然、光一郎が敏行に声を掛けた。

「敏行！　報告書は、おれが記入してあげるよ」

「エッ、良いのか？　ありがとう」

すんなり、報告書を手渡す敏行だった。

恋美は、みんなの後ろについていたものの、途中から離脱し体育館へ戻った。

光一郎との待ち合わせは、体育館の二階に陣取っている放送室である。

先に、光一郎が待っていた。

光一郎の顔を見た途端、恋美は堪《こら》えきれずに涙を流した。

驚いた光一郎は、やさしく声を掛けた。

「ど、どうしたの？」

「…………」

恋美は、突然、光一郎の胸に飛び込んだ。

またまた、光一郎は驚いた。

光一郎は、恋美の顔を覗き込んだ。

体育館の二階の窓から、西日が燦々《さんさん》と射《さ》す光が、恋美の涙を黄金にしていた。

光と涙が重なり幻想的な光景に映っていた。

放送室は、光り輝く黄金色。

光一郎は、人差し指を恋美の涙へ向けた。

指で涙をせき止めようとしたものの、涙は指を伝わって光一郎の掌《てのひら》の中へ。

「なぜ、泣いているんだ……？」

「…………」

返事のない恋美の目を見ながら、背中に手を回して強く抱きしめてあげた。

顔を胸に押し当てて、

「わたし、島本くんがずっと好きでした。大好きだったの！」

突然の愛の告白に、驚いた。

と言うより、自分の心臓の鼓動が大きく鳴っているのが、恋美に伝わっているようで恥ずかしかった。

「本当は、お、おれも花咲が好きだったんだ！　でも……？」

か細い声で、光一郎も初告白。

「いつも、早朝から流れる花咲のピアノ演奏は、おれの心に勇気と元気をくれる源《みなもと》になっていたことなんだ。

だから、新聞配達していても一度も苦痛を感じたことはなかったんだ。ありがと～う！」

「島本くんが新聞配達している姿は、わたしの部屋から丸見えだったの……」

「と言うことは、おれをいつも見ていてくれていたのか？」

「待ち遠しかったわ。

遅く配達に来ると何かあったのかしら？　が、気になって聞きたかったわ。

それも、早く配達されたときこそ、島本くんの顔を見れなかった日は、憂鬱《ゆううつ》な気分になってしまったの……。

でも、学校で会えるのが、一遍《いっぺん》に憂鬱が消えて楽しい一日のはじまりになったのよ。

わたし変よね……？」

「おれも、みんなが花咲のことを言うと何だかわからないんだけど無性に気になって、つい他人の話に割り込んで意見を言っちゃうんだよ。迷惑だよな？

いつも、花咲には悪いと思っているんだけど、どうしようも止められなかったんだ。

ごめん……」

光一郎は、恋美の目を見つめて語り掛けた。

「だから、わたしの間にいつも入って助けてくれていたのね。ようやく分かったわ。

ありがとうね～」

また、恋美の目から涙が流れた。

恋美の感謝の言葉が終わるや否や、突然、光一郎が予想もつかない行動にでてしまった。

見上げている恋美の顎《あご》を、光一郎は人差し指で引き寄せた。

突然、光一郎は、恋美の唇《くちびる》に唇を重ねた。

突然の光一郎の行動に、恋美は抵抗することなく目を静かに閉じるのだった。

長～い愛情確認の口づけだ。

お互い、はじめての口づけに戸惑いながらも続けた。

なぜか、光一郎の胸につかえていた氷が溶けはじめた。

これが、恋？

恋美は、嬉しかった。

どこで、離れて良いものか迷った。

ようやく唇は離れたのだが、体は一段と磁石のように強く抱きしめられたままだった。

光一郎は、気づいた。

胸板に異様な硬くてちょっぴり柔らかい果実が当たっているのが、不思議でならなかった。

恋美の未発育な胸だった。

光一郎の心臓の鼓動も、一段と激しさを増していた。

恥ずかしかった。

逃げ出したかった。

「入学時か同じクラスになってからか、無性に花咲のことが気になりはじめ、いつの日か心の中で好きになっていたことが思い出せないんだ。

でも、好きになってはいけないといつも自分を責めているんだ」

「責めるって、なぜ?」

「なぜって。それは、身分の違いさ?」

「身分の違い？」

「そう。おれは、長屋住まいで貧乏育ちの一人っ子。花咲も若竹と同じで、先祖代々引き継がれているはなさき醤油醸造所の一人娘でお嬢さま。

余りにも、身分が違うので交際する理由など見つからなかったんだよ」

「何それ？　お友だちや恋人になるのに、そんな理由があるの？」

「あるんだよ。見えない何かが……」

「そんなぁ～。じゃ～、島本くんもそんな目で、わたしを見ていたの？」

「そうじゃないけど……。

でも、どうしても世間の目を意識しちゃっていたんだろうね。自分が弱い人間だから……」

光一郎は、恋美の顔を見ることが出来なかった。

「島本くんの弱虫！　昔ならともかく、いまの時代を生きていく以上、恋愛は自由なはずよ」

痛いところを指摘された光一郎は、何も言えなかった。

自然と、お互いの体が離れていった。

「島本くん！　わたしと約束してくれない？」

「や、約束、何を？」

「これから、わたしは東京の大学で学ぶため、ここ郷里を離れます。四年間だけど……？

それまで、わたしたちの思いが離れていなければ、お会いしましょうよ。

出来れば、お互い気持ちが変わっていなければ、恋人として付き合ってくれますか？

最終的には、結婚まで願っています」

「…………」

恋美は、光一郎の目を見ながら頼み込んだ。

光一郎は、頷《うなず》いたが、本当は怖かった。

いつの時代も、女性は強かった。

突然、校内放送のチャイムが鳴り出した。

「キン、コン、カンコ～～ン」

『三年三組の島本光一郎君！　大至急、職員室まで来て下さい』

光一郎への呼び出しだった。

「島本くん、呼び出しよ」

気落ちした光一郎は、髪の毛や学ランを気にしながら放送室を出ようとした途端、突然、恋美が抱きついてきた。

いきなり光一郎の唇に、恋美の唇が。

驚いた光一郎は、自然に恋美の体を強く抱き寄せていた。

別れを惜しむ口づけは、とても短いとは言えなかった。

二人は、体育館の施錠を確認して職員室へ向かう途中、一緒に帰ることを約束して恋美と別れ、勉の元へ。

「おめでとう！　麓山市（地方公務員）の合格通知が学校に届きました。自宅の方にも届いていると思いますよ」

「ありがとうございます」

「ところで、就職先どうする？　先の富士信託銀行の内定と今回の麓山市の合格で再三確認するけど、どこへ就職する？」

「はい。富士信託銀行を受けるときにもお話ししましたが、わたしの第一希望は麓山市職員です」

申し訳なさそうな光一郎は、勉に頼み込んだ。

気持ちの上で、変化はありませんか？」

「はい。お母《か》んも麓山市職員を熱望しています。これ以上、お母んを困らせたくないんです。

不況に左右されることのない安定された生活こそ、わが家が目標としてきたことなので、これからが本当に理想から現実になるんですね」

「わかりました。早速、富士信託銀行へは辞退の旨《むね》の説明を、姉小路先生と一緒に行ってきます。

ただ、島本君には関係ない話ですが、次年度の求人募集へは参加してくれない企業の一つに加えられるかもしれませんけどね？」

勉は、生徒の前で弱音を吐く先生ではなかったのだが、今日に限って力のない物言いしか出来なかった。

教え子たちには、良いところへ就職してほしいし、良い大学へも行ってほしい気持ちは変わっていない。

だが、いざ、学校側から断るとなると勇気と決断が必要となる。

お互いに気まずい空気を和らげるための傾向と対策を想定しての職員会議を開催することが多かった。

正孝進路指導先生たちは、一月早々から春休みの三ヶ月間集中的に、次年度の生徒たちの全国の大学をはじめ各種学校や各企業巡りへ、ヒアリングのための訪問に旅立つのだった。

…………

光一郎は、荒池公園を抜けて恋美の自宅に送り届けることを考え歩いていた。

荒池公園は、光一郎の庭みたいなもので熟知《じゅくち》していた。

だから、どの位置に防犯カメラが設置されているか、勿論《もちろん》知っていたので避けて話し込んでいた。

「今日、麓山市の合格通知が学校に届いたよ。嬉しかったな～～」

喜びを拳《こぶし》に込めて表現する光一郎。

「じゃ～、さっきの校内放送は、合格通知のお知らせ？　良かったじゃない。島本くんの念願の夢が叶ったんだもんね。わたしも、うれしいわ。本当におめでとう～！」

「ありがとう」

「これで、わたしたち本当に離れ離れになっちゃうのよね？　淋しいわ……」

会えなくなってしまう思いが蘇ってきたのか、恋美は目を潤ませた。

本当は、自分から郷里を離れる決心をしておきながら、恰《あたか》も光一郎が遠くへ行ってしまうような話を作り上げていた。

光一郎は、鈍感なのか恋美に気を遣《つか》ってなのか、何も言い返せなかった。

潤んだ恋美の目を見つめて、光一郎は、

「たった四年じゃないか？　アッという間に時間が過ぎてくれるよ。だから、お互い頑張ろ～よ！」

光一郎からの励ましに、恋美はまたまた涙が……。

可憐《かれん》な恋美に心を奪われている光一郎は、無性に唇が欲しくなっていた。

光一郎は、挙動不審《きょどうふしん》な行動に出た。

周りをキョロキョロ。

誰もいないことを確認するや、いきなり恋美の唇を奪いに走った。

突然の光一郎の行動を予期していたのか、恋美は抵抗することもなく、すんなり受け入れていた。

光一郎の氷のしずくが、恋美の中へ。

荒池公園は、学生服とセーラー服の二人だけの愛の巣《ば》になっていた。

恋美は積極的に、光一郎の首に手を巻きつけての口づけ。

別れを惜しむ、長い口づけだ。

恋美の氷も溶けはじめ、光一郎の口の中へ。

口づけの香りは何ですか？　と聞かれたら、レモンの香りと答えるのが一般的だが、光一郎たちが体感した味はキシリトールだった。

恋美の門限時間を気にする光一郎は、体を静かに離しにかかった。

離れたくない一心の恋美は、光一郎の体にしがみつくのであった。

別れたくなかった。

離れることが怖かった。

数時間の時の流れで、こんなに濃密なストーリーを作り上げられることが出来ただろうか？

それを、光一郎と恋美は作り上げてしまった。

恋美は、光一郎に頼み込んだ。

「お願いがあるの？　一つ聞いてくれる」

光一郎は、首を傾げた。

「あのね。わたしの夢なんだけれど、二人だけの呼び名を決めたいの？　良いでしょうー甘えた声で、光一郎に頼み込んだ。

「ぼくは構わないけど、恥ずかしいのは嫌だよ?」

「光一郎さんの光を取って、ヒカルさんって言うのはどう?」

「ヒカルか、良いんじゃない。

急に頼まれたから考えていなかったけど……」

外灯を見つめて、光一郎は考えた。

「そうだ。恋美を横文字で表すと、ラブとビューティを重ねてラビはどう? 響きが良いけどしっくりこないね。

それとも、恋美の名前を下から呼んで、ミイコはどうかな?」

「光一郎さんって、冴《さ》えてる〜! ミイコ良いじゃない。わたし気に入ったわ。これで決まり!

これからは、ヒカルとミイコね。素敵!」

恋美の無邪気な顔が、光一郎に元気を齎《もたら》してくれた。

恋美の家は、荒池公園の池を挟んだ向かいに立っていた。

一人娘《むすめ》の恋美の帰りが遅いと、必ず、輝彦が門の前に立って待つことが多かった。

10　別れの人事異動

光一郎は、麓山市職員になって早四年。

この四年間、恋美からの連絡は何一つ入ってこなかった。

光一郎も、社会人になってから携帯電話を持つようになったものの、恋美から一度も連絡はなかった。

なぜなら、恋美が携帯電話を持っているのかも知らなかったのだ。

お互い忙しい中での連絡など、光一郎は気にも留めていなかった。

正直、恋美に嫌われたくなかったのだが……。

遠く離れていても、お互いの心が繋がっていれば何の問題もないものと、光一郎は高を括《くく》っていたのである。

本庁から、新人としては特例的な行政出先機関である都市整備局公園課に出向させられていた。

デスクワークより現場を知る上で、大事な仕事としての任務だった。

社会情勢の変化に対応出来うる市民が安全で快適に利用できるようハード面やソフト面を取り込み、公園の整備や施設の管理等に係《かか》わる幾つものの課題への対応が主な仕事だった。

特に、公園は、市民の憩いの場所となっていることは勿論のことだが、災害時の避難場所又は地域のふれあい広場として、足を運んでいただけるよう納得する企画立案するセクションになっていた。

より良い公園づくりには、四季の花々や樹木の緑地を手入れしながら、豊かな自然を作り上げ親しまれる公園を追求していた。

光一郎は、この四年間可もなく不可もなく当たり障《さわ》りのない仕事を熟《こな》してきたと言うより、無我夢中で業務を遂行してきたのである。

「おはようございます」

開口一番、あいさつを交わし事務所に入室する光一郎。

「おはよ。島本君、明日午前十時から本舎の大会議室で、春季人事異動発令式が行われるので遅れないように出席して下さい。

今日は、明日から配属される後任者ための書類の整理と引き継ぎ簿を提出して下さい。

それから、個人用ロッカー内の私物は持って帰っていただき、中を空《から》にしておいて下さいね。お願いします」

直属上司の坂巻竹春《さかまきたけはる》所長が、光一郎に指示した。

「はい。かしこまりました」

人事異動に関する内示は、一週間前に受けていたので、少しずつであるが紙袋に私物を整理していた。

「ところで島本君！　今日の送別会は、いつもの割烹料理店『みずき』で行うこと聞いているよね？」

「はい！　聞いております。わたし一人のために開催していただくようで、本当に恐縮しております」

「いやいや、本当は島本君の送別会を切っ掛けに、職場のコミュニケーションを図るための会合の一部とさせてもらったようなもので、そんなに恐縮することなんてないですよ。

このところ、春の複種類の苗を植え替えるのに短期間での作業だったこともあり、慰労会も兼ねた送別会で申し訳ないけどいいかな……」

竹春は、笑顔を作りながら話した。

「良いも悪いも、新人時代から育てていただいた諸先輩と食事が出来ることは、わたしにとっては光栄この上ないありがたいことです。

本当にありがとうございます」

光一郎は、仲間のみんなに向かって頭を下げた。

立て続けに竹春は、

「みんなの前で言うことじゃないけど、島本君のような仕事が出来る人ほど、引く手数多《あまた》なんだね。

誰が見ているのかね？　わたしかな（笑）。それとも職場の仲間？

人事異動の対象者は極端な話、仕事の出来る人か職場の問題児の二通りあるらしい噂《うわさ》を小耳に挟んだような気がするけどね。間違っていたならごめんなさい」

職場から失笑が毀《こぼ》れた。

竹春は頭を搔《か》きはじめた。

竹春の仕草が、職場を和ませていたのだった。

…………

「今晩は！」

「いらっしゃいませ～！」

威勢の良い店側の掛け声。
「坂巻様御一行を鶴亀の間にご案内して下さい！」
「は〜い！」
鶴亀の間は奥の離れだった。
格子戸を開けると、目の前に四季彩の会席膳が並んでいた。
会席膳は、コの字型になっていた。
センター席の後ろには、金屏風も立て掛けられていた。
竹春は、光一郎をセンター席に誘導してくれた。
幹事役の先輩早乙女《さおとめ》明《あきら》が、
「ただいまから、島本君の送別会を開催いたします。
まずはじめに、坂巻所長から、ご挨拶《あいさつ》をいただきたいと思います」
紹介された竹春が、立ち上がり頭を下げた。
「いつも、きれいなわが公園を管理下さいまして、この場を借りて御礼申し上げます。
ありがとう。
今日は、淋しい日を迎えることになりました。新人で当事務所に配属され早四年、
初々しい島本君も明日から新職場でご活動されるでしょう。

ここで培った人間関係や経験値を活かして頑張って下さい。

最後になりますが、島本君の穴埋めとなる新人を交えて、これからも健康には十分気を付けていただき頑張りましょう」

竹春の挨拶が終わると同時に、会席膳の横に配置されているビール瓶を持ち、お互いのコップに注《そそ》がれたのを確認した明が、

「引き続きまして、乾杯の音頭を金成泰弘《かなりやすひろ》副所長！　よろしくお願いいたします。

大変恐縮ですが、目の前の料理が冷めてしまいますので、手短にお願いいたします」

一言多い明に、割れんばかりの拍手が起こった。

頭を掻《か》く明。

竹春の反動をまともに受けた泰弘が、なみなみと注《つ》がれたビールのコップを片手に立ち上がった。

立ち上がりながら、明を睨《にら》みつけた。

「島本君、お疲れ様でした。くれぐれも体には十分気を付けて新天地で頑張って下さい。乾～杯～！」

「乾～杯～！」

グラスコップのぶつかる音が、宴会場に鳴り響いた。

自分が発した一言が、副所長を不愉快にしていたことを猛省する明に向かって、笑顔で返す泰弘がいた。

職場の雰囲気は宴会に限らず、日頃から仕事を苦痛と思わせないように創意工夫を職場のみんなで協議（ミーティング）して、和やかに行うことを奨励する竹春だった。仕事を楽しむことで職場が、自然と明るく活気溢《あふ》れる笑顔が出てくることが、仕事の効率に繋がることが嬉しかったのである。

「島本君の挨拶は、中締めの後にさせていただきます。目の前の料理を堪能して下さい。それまでの間、ご歓談タイムといたします」

堅い挨拶を交わした明は、コップに注がれていたビールを一気飲みするのだった。

喉が渇いていた。

歓談がはじまる。

11　本庁人事異動発令式

本庁の大会議室の中は、人事異動に伴う離任者でいっぱい。

入庁以来、久しぶりに入る大会議室は緊張する部屋の一つになっていた。

突然、光一郎の後ろから肩をポンと叩く気さくな一人の女性がいた。

同期の橘《たちばな》かおれだ。

「久しぶり！　島本くんも呼ばれたの？」

「うん、橘も？　どこへ飛ばされるの？」

「飛ばされるんじゃなくて、国の経済産業省に出向することになったの？」

「すごいじゃないか？　大大出世じゃん！」

「そんなことないわよ。

あくまでも、国と麓山市に関わる経済や国土活用などにおける情報交換が主流で、一定期間だけの派遣される省庁なのよ」

「どのくらいの期間？」

「上司や先輩たちの話をまとめると、一年から二年位らしいわ。それより、わたしばかり答えているけど、島本くんは、どこへ？」

「おれは、一番嫌なところに飛ばされるんだ！」

同期の中で、温厚な光一郎で通っているのだが、いつもと違っていた。

違和感を覚えたかおれは、光一郎に訊ねた。

「嫌なところってどこ？」

「麓山中央警察署さ！」

「どこがいけないの？　良いところじゃない。

いつも口癖のように、あなたが言っていたじゃない。

地元のためなら、何でもする課の麓山市に入れたって言っていたじゃない。それが？」

「学生時代に、ちょっとした出来事でトラウマ（精神的外傷）が襲ってきちゃうところなんだ。怖いところなんだよ」

光一郎は、かおれが疑問を抱かせるような話しか出来なかったのだ。

特に、人事異動は人的交流はもとより職域なるモチベーション（動機づけ）を高めるための儀式になっていた。

かおれのように、官官（官庁から官庁へ。官庁は国、都道府県、市町村の組み合わせ）交流をはじめ、官民（官庁から民間企業へ。または、民間企業から官庁へ）交流を積極的に麓山市は推進していたのである。

中には、未来のイノベーション（技術革新）を目的とした業務提携などで、互いの技術向上の情報交換による切磋琢磨を目的とした民民（民間企業から民間企業へ）異業種交流も盛んになっていた。

突然、大会議室のセカンドマイクを通して、長尾匡則《ながおただのり》人事部係長が、

「ただいまから、令和七年度春の人事異動に伴う離任式を行います。左から本庁の人事局部・行政委員会・市会事務局・麓山市外郭団体・その他の順に並んで下さい。

足元の白いテープを基準にお願いいたします」

大会議室の中は、革靴やハイヒールの交差する音が響き渡っていた。

指示された所定の位置についた光一郎たちは、私語もなくなり会議室の中はシーンと静まり返っていた。

かおれは、光一郎に小声で訊ねた。

「ねぇ、この離任式に、市村大翔《いちむらはると》市長が来るのかしら？

わたしたちの入庁以来、四年ぶりに会えるのね。嬉しいわ」

「来ないと思うよ」

「なんで?」

「先輩が言っていたんだけど……。

市村市長の出番は、新人入庁式と副市長はじめ局部長クラスの辞令式に出席するらしいんだ。

と言うことは、ステージ上のパイプ椅子に腰かけている日詰庸介《ひずめようすけ》総務局長が、課長以下一般の俺たちの今日の離任式における最高責任者だと思うけどね?」

ステージ上で異動者の整列が出来上がったのを見届けた匡則が、上司の大和祥司《やまとしょうじ》人事部長へサインを送った。

匡則は、セカンドマイクを通して、

「ただいまより、令和七年度春の定期人事異動に伴う離任式を挙行いたします。

恒例の国歌斉唱ならびに市歌をご唱和ください!」

会議室から、テープ音が流れた。

『♪君が代は…………♪』

「続きまして、市歌をご唱和ください」

テープ音が切り替えられた。

『♪美しく島の海越えて、心に残る…………♪』

「ありがとうございました。それでは、離任式を行いますので、背筋を伸ばして、一同、礼！」

…………

「ただいまより、令和七年度春の定期人事異動に伴う離任式を行います！

お名前を呼ばれた方は、ステージ上の中央に進み、日詰局長から辞令交付書をお受け取りください」

パイプ椅子から立ち上がり、庸介は日本国旗に向かって一礼して、中央ステージの演台に歩み寄った。

と同時に、演台の隣には介添人の祥司がスタンバイした。

庸介と祥司が所定の位置に着いたのを確認した匡則は、

「都市計画局市街地再生部係員　橘かおれ殿」

「はい！」

緊張しているせいか、幾分《いくぶん》手と足の動作がぎごちなかった。

かおれは、右ステージに陣取っている来賓者の麓山中央警察署長の渡邊顕太朗《わたなべけんたろう》たちに向かって、一礼した。

演台より1メートル離れた前に直立不動で待ち構えた。

祥司から庸介に、辞令書を手渡した。

「辞令！　橘かおれ殿　総務局人事部勤務を命ずる　四月一日付をもって　経済産業省への出向を命ずる　令和七年三月二十三日　総務局長　日詰庸介」

庸介が辞令書を読み上げて、かおれに手渡した。

かおれは、辞令書を受け取る際、左手を差し伸べ右手を添えて、しっかり受け取り頭を下げながら後退《あとずさ》りし、顕太朗たち来賓者に一礼して壇上を下りた。

自分の定位置に戻って行った。

かおれが所定位置に戻ったのを確認した匡則は、

「続きまして、公園緑地部公園緑地事務所係員　島本光一郎殿」

「はい！」

光一郎は、みんなの前で恥をかかないように、かおれの一連の行動を頭に叩き込んでいたので、なんとかステージ上に上がることが出来た。

祥司から庸介へ、辞令書を手渡した。

「辞令！　島本光一郎殿　総務部人事部勤務を命ずる　四月一日付をもって　麓山中

央警察署総務部への出向を命ずる　令和七年三月二十三日　総務局長　日詰庸介」

光一郎が、一連の行動を得て所定の位置に戻ったのを確認した匡則は、

「続きまして…………〇〇〇〇殿」

…………

式典の終了を確認した匡則は、セカンドマイクを通して、

「以上を持ちまして、令和七年度春の人事異動に伴う離任式を終了いたします！　一同、姿勢を正して、礼！」

会場に出席していた庸介はじめ異動者全員、ステージ上の日本国旗と市旗に向かって一斉に頭を下げた。

シーンと静まり返った会議室の中は、厳格そのものの場所になっていた。

「日詰局長をはじめご来賓の皆様方を先にお見送りしてから、退席いたしたいと思いますので、そのままでお待ち下さい」

12　再会、麓山中央警察署

空に一点の雲もない好天気に恵まれた初入署なのだが、光一郎には腰が重かった。

学生時代に受けたトラウマが蘇ってきていたのだ。

当時のあの頃を思い出すと、自分の取った行動が正しかったか否かは定かではないが、歳月が流れるに連れて考えさせられることが多かった。

時々、夢に襲われ魘《うな》されることもあった。

怖かった。

空しかった。

身の回りの日用品雑貨などを入れ込んだ紙袋を提げて、麓山中央警察署へ向かった。

光一郎は、か細い声で立番の若い警官にあいさつを交わした。

「おはようございます」

若い警官は、左手に警杖をつき右手で敬礼を交わしてきた。

恐縮した光一郎は、頭を下げて入署した。

久しぶりの麓山中央警察署内を、ゆっくりと見渡した。

突然、目に留まった人物を発見。

それは以前、取調室で調書を取られた公三郎警部が笑顔で立っていた。

光一郎を待っていてくれていたのである。

公三郎は、光一郎の前に出向き握手を求めた。

「ようこそ、わが署にお越し下さいました。お待ちしておりました。

島本君とは、何かと縁があるようですね」

署内幹部の公三郎が、自ら率先して握手を求める光一郎なる人物がどんな人なのか、その場にいた署員は不思議でならなかった。

「おはようございます。

今日の人事就任発令式会場は三階会議室にて執り行うことになっています。

誠に恐縮ですが、就任式が終わりましたなら、ご足労をおかけますが刑事部にお越しいただけないでしょうか？」

光一郎は、良いも悪いも、

「はい」としか返事が出来なかった。

「三階の会議室には、こちらのエレベータをご利用して下さい」

「ありがとうございます。わたしは、あちらの階段で会議室へ向かいたいと思います」

公三郎に頭を下げた光一郎は、階段へ向かった。

会議室は、一日付で麓山中央警察署に着任する人たちでいっぱいだった。

ステージ袖には、警察音楽隊がスタンバイし各楽器の音出しチューニングをはじめていた。

特に、スーツ姿の光一郎たちはごく少数で、残りの大半は、警官の制服制帽姿が多かった。

場違いと勘違いする光一郎がいた。

「これより、麓山中央警察署に着任していただきました就任式を執り行いたいと思いますので、総務部がご案内いたします。その指示に従って下さい」

総務部事務職員の金城《きんじょう》めぐみが、光一郎たちを所定の位置に誘導した。

「島本光一郎様は、こちらの場所までお進み下さい」

めぐみは、慣れた手つきで次から次へと案内していった。

異動者が定位置に着いたのを確認した総務課長の河村益夫《かわむらますお》が、

「ただいまより、令和七年度春の定期人事異動に伴う就任式を開催いたします。

ステージ中央に掲げている国旗ならびに警察章に向かって、一同礼！」

会議室にいた全署員ならびに職員によるきびきびした儀礼に戸惑いながらも、見様見真似で頭を下げる光一郎。

「引き続きまして、国歌斉唱ならびに警察歌をご唱和下さい！」

ステージ袖でスタンバイしていた警察音楽隊に向かって、指揮官が指揮棒を振り落した。

「……♪君が代は……♪……」

「引き続きまして、警察歌をご唱和下さい」

「……♪国民の安心を創る安全な……♪……」

国歌は歌えるものの、警察歌は初めて耳にする歌なので光一郎は戸惑っていた。

口パクも失礼に当たると思った光一郎は、下を向いたままだった。

「ありがとうございました。それでは、就任式を挙行いたします。

姿勢を正してお待ちください」

麓山市と麓山中央警察署の就任式には格段の差があり、なんと言っても厳格かつ静粛で凛々《りり》しい式典である。

音楽隊の演奏が終わったのを確認した益夫は、

「ただいまより、令和七年度春の人事就任発令式を行います。

お名前を呼ばれた方はステージ上の演台前に進み、渡邊署長より辞令交付書をお受け取り下さい」

パイプ椅子から立ち上がり、顕太朗は日本国旗に向かって一礼してステージ中央の演台に歩み寄った。

演台の隣には介添人として、三村史彦《みむらふみひこ》総務部長がスタンバイしていた。

顕太朗と史彦が所定の位置に着いたのを確認した益夫は、

「麓山市人事部出向　島本光一郎殿」

「はい！」

光一郎は、厳格な式典に飲み込まれていたせいか、ぎこちない行進になってしまった。

光一郎は、右ステージに陣取っている大翔たち幹部に向かって一礼して、演台一メートル手前のところで直立不動のまま待った。

辞令書入りのお盆をめぐみが持参し、辞令書を史彦が取り上げ、顕太朗に手渡した。

「辞令！　島本光一郎殿　総務部総務課事務職主任を命ずる　令和七年四月一日　麓山中央警察署長　渡邊顕太朗」

顕太朗が辞令書を読み上げて、光一郎に手渡した。

辞令書を手渡すタイミングで、突然、警察音楽隊からドラムロールが鳴り出した。

シーンと静まり返った会議室に、ドラムロールが反響した。

特別な演出で歓迎したのである。

ただし、ドラムロールは光一郎だけに鳴らされたものではなかった。

光一郎は、辞令書を受け取りながら、大翔たち来賓者に頭を下げてステージを下りた。

光一郎が所定の位置に戻ったのを確認した益夫が、

「続きまして、……◯◯◯殿」

「はい！」

…………

式典終了を確認した益夫が、セカンドマイクを通して、

「以上を持ちまして、令和七年度春の人事就任発令式を終了いたします。一同、姿勢を正して、礼！」

顕太朗はじめ大翔たち来賓者も会議室内の全署員は、日本国旗と警察章に向かって、一斉に頭を下げた。

益夫は、警察音楽隊指揮官に向かって合図を交わした。

警察音楽隊は指揮者のもと、お見送り曲の演奏をはじめた。

「それでは、渡邊署長はじめご来賓の市村市長様たちを、先にお見送りしてからの退場となりますので、よろしくお願いいたします」

見送り曲が、緊張から解き放たれたかのように会議室の中を軽快に流れていた。

光一郎は、辞令書を受け取った内容を見て驚いた。

それは、階級だった。

一般職員の光一郎が、一階級特進の主任になっていた。

のちに聞いた話ではあるが、外部団体から派遣された者に対して、身分を保障するシステムが出来上がっていたらしく、光一郎も対象者になっていたのである。

13　警察組織のしくみ

緊張から解放された光一郎を、会議室の出入口扉前で待っていた一人の初老がいた。

会計課長の田中為忠《たなかためただ》である。

警察署内の右も左も知らない光一郎を不安にさせないよう、顕太朗から直接為忠に命令していたのであった。

特例中の特例なおもてなしだ。

最大の理由は、過去に麓山中央警察署にて、まだ大人になっていない少年の時に、汚点を着せられた苦い経験を持つ光一郎に対して、神のいたずらとは言え勤務地として試練を与えられた場所になっていたからだ。

光一郎に対する見解が、署員の目から察知することが出来た。

為忠は、光一郎を最上階の屋上へ。

屋上は、ビル風が吹き荒れる別世界。

主に、緊急用離発着のヘリポートとして利用されていた。

為忠の唯一の楽しみは、フェンス越しから下界を眺めることだった。人や車などが蟻《あり》の動きに似ていてジオラマを見ているる風景になっていたからだ。ところが、光一郎は早く屋上から離れたかった。高所恐怖症だったのである。

最上階は、署員や職員たちの心と体のリフレッシュとして、サウナ室付ジェット設備の大浴場になっていた。

万が一、大火災が発生したことを想定した非常用水の役割を兼ね備えていた大浴場だった。

各フロアは、警察教習センター、武道場、大講堂、公安部、警備部、刑事部、生活安全部、地域部、警務部、署長室、総務部、交通部、資料室、更衣室、大浴場、留置場、倉庫、ボイラー室の幾つもの施設に分類された地上十二階地下三階建ての建物になっていた。

為忠は、各部の扉を開けながら、光一郎に警察のしくみや連携の大切さなどを中心に事細かく説明するのだった。

光一郎は、部署を覚えるだけでも精一杯なのに、各部の役割などを詳しく説明してくれていたのは良いのだが、短時間で覚えることなど難しく、右の耳から左の耳へ通り抜けていくのが分かった。

為忠には、申し訳ない気持ちでいっぱいになっていた。

「以上、わが本署の各部が持つ役割分担などを説明してきたけれど、今日着任したばかりの島本君には分かり辛かったと思います。追い追い仕事が慣れるに連れ、自然と肌に染み着いてくると思うので、焦らず頑張りましょう」

「ありがとうございます。頑張ります」

為忠の何気ない励ましが、不安真っ只中の光一郎には嬉しかった。

「ところで、雀之宮警部から各部紹介が終わり次第、刑事部に来るようにとのことなので、このまま向かって下さい」

「はい。かしこまりました。

人事就任式の前に、雀之宮警部からもお誘いを受けていましたので、この足で向かいたいと思います。

今日は、ありがとうございました」

光一郎は、階段を使って刑事部へ。

「失礼いたします。

本日、総務部に配属されました島本光一郎と申します。雀之宮警部から呼び出しをいただきましたので伺いました」

凛々しい挨拶で入室してきた光一郎を、刑事部一同が見つめた。

「いや〜、いらっしゃい。こちらに来て下さい」

公三郎席横の応接室に通された。

「どうぞ、こちらにお座り下さい」

光一郎は、公三郎から言われるままソファーに腰を下ろした。

ソファーの感触は、初めて体験する柔らかくふかふかで、お尻にぴったり合った理想の椅子だった。

「ご無沙汰です。何年ぶりにお会いするのかな？

わたしが思い浮かぶのは、学生服姿の初々《ういうい》しい島本君かな……。

スーツ姿になると別人だね。逞しい大人が完成しつつあるので、ちょっと意地悪して鍛えちゃう？（笑い）　嘘うそ！」

公三郎は、顔の前で手を横に振った。

顔を赤らめた光一郎は、

「はい。こちらの警察署には四年ぶりに足を運びました。

正直、自分が配属される職場とは思いませんでした。

あの頃は、大変ご迷惑をお掛けいたしました。若いとは言え、許される範囲を逸脱した行為が気に障っていたのではないでしょうか？

その節は、本当に申し訳なかったです」

頭を下げたところで、若い女性職員がお茶を持って現れた。

宝塚《たからづか》くららである。

「失礼いたします」

静かに、茶台に載せたお茶をテーブルに置いた。

「失礼いたしました」

くららは、お茶を置いて立ち去った。

一瞬、恋美がお茶を入れてくれたんじゃないかと思うほど、くららが似ていた。

光一郎が勘違いするほど本当に似ていたので、驚いた。

噂で聞いていた話であるが、警察ほど縦社会で組織重視で上下関係には厳しく、言葉遣いも注意される特別な職場と聞いていた光一郎は不思議でならなかった。

それは噂話で、麓山中央警察署は違っていた。

優しい人たちばかりだった。

「ところで、島本君。トルコ共和国でチェリー栽培の大農園オーナーのバシャール閣下から招待されたトルコ共和国へは行かれたのかな？」

「いいえ、行っておりません。

あの事件から一週間後に通訳者のエルダー三本木様が、わざわざ自宅まで招待状を届けてくれたのですが、その場で辞退しました。

ぼくには、受け取る資格が無いと思う幾つかの理由があったからです」

「理由？」

「はい。ぼくの取った軽率な行動が、誘拐事件に発展し大勢の警察官はじめ関係者の方々に迷惑を掛けていたからです。

だから、もらう権利など無いので、お断りしたのですが、エルダー三本木様が無理やり置いて帰ってしまいました」

「それから、どうしたの？」

公三郎は、身を乗り出して聞き返した。

「はい。本当は、行きたかったのですが、母親が体調を崩したことと就職活動や地方公務員の受験が重なり行けなくなってしまいました」

「その後、連絡はないの？」

「ありました。

トルコ共和国を挙げての招待なのでご検討下さいの連絡は、何度も……。ですが、旅は一瞬の喜びで終了してしまいますが、就職はぼくの人生一生ものなので天秤に掛けさせていただきました」

「島本君、君はすごい人だね。わたしなら、神様からのプレゼントとして受けとっちゃうけどね（笑）。凄《すご》い！」

「凄くはないですよ」

光一郎は、公三郎の前で泣き顔を見せたことはあるが、笑みを見せたのは初めてだった。

緊張から解き放された瞬間でもあった。

「ところで、島本君覚えているかな？」

光一郎は首を傾げた。

「島本君がバシャール閣下を保護してくれた時、所持品が無くてあなたに疑いが掛かったじゃないですか？　あの時は、本当に申し訳なかったね。

あの二日後に、犯人が名乗りを上げて自首したのです。

ですから、パスポートも発見出来て、緊急用出国ビザを作らなくてもよくなったんです。

これも、島本君のお陰なんだけどね。本当にありがとう。でも、現金は使われちゃったけどね（笑）。

しかし、犯人曰《いわ》く、一人の老人が道に迷っていたので、やさしく声を掛けたけれど言葉が通じなかったのか、これ幸いと思いつい出来心でセカンドバッグをひったくって逃げたらしい。

後で、少年の取った行動が立派過ぎて、大人として恥ずかしかったらしく自首してきたんだよ。

大げさかもしれないけど、日本という国を救ってくれた少年に感謝だって言っていたよ。犯罪を犯したくせに（笑）」

二人の和やかな会談の中に、

「警部、歓談中失礼いたします。署長から社電（社内電話）が入っております」

「アッ、そう」

公三郎が立ち上がり、自席へ。

伝達を伝えにきた学は、後ろ姿の光一郎を見つけて、

「アッ　お久しぶり！　お元気でしたか？　何年ぶりですかな？」

「はい。元気です。四年ぶりです。

この度、この麓山中央警察署に配属されました。これから、どうぞご指導のほどよろしくお願いいたします」

学に向かって、頭を下げた。

「どこに決まったの？」

「一時的ですが、総務部会計課に決まりました」

「あそこの課も大変だけど、定時に帰れるから良いですよね？

早速歓迎会を開かなくちゃいけないね。雀之宮警部も島本君が来たら開催するよう打診されていたので心掛けておいてね。

学ランも似合っていたけど、スーツ姿も結構いけるね？」

「ありがとうございます。みなさん、お忙しそうなので、総務部へ戻ります。

ありがとうございました」

光一郎は、公三郎と学に向かって頭を下げて、刑事部を後にした。

…………

スーツ姿の光一郎を見た益夫は、

「金城さん、島本君を個人ロッカーまで案内してあげて下さい」

「はい、かしこまりました」

「島本君、ロッカーの中に制服、制帽が入っていますから、それに着替えて戻って来て下さい」

「はい」

めぐみは、光一郎をロッカー室へ誘導して行った。

「ここから先は女子立入禁止なので、ここの入口までです（笑）」

「ありがとうございます」

着替え用の洋服などが入った紙袋を抱えて、ロッカー室に消えた。

14　仕事はじめ

「今日から、総務部の中の会計課に期間限定で助勤を命じます。

ただし、期限終了後、庶務課の勤務となります」

為忠立ち会いの下、益夫から口頭で光一郎へ職場を言い渡された。

真新しい制服に袖を通した光一郎は、為忠と一緒に一階の会計課へ。

「ここ会計課は、主に予算、決算及び会計に関する業務ですが、島本君には仕事に慣れてもらう一つとして、遺失物ならびに拾得物に関する業務に就いてもらいます。

特に、ここはお客様との大切な対応窓口になっていますので、言葉づかいには十分気を付けて下さい。

もし、分からないような事柄が発生したなら、隣に座っている鎌倉静香《かまくらしずか》さんに聞いて下さい」

懇切丁寧に指導する為忠だった。

初対面の静香と光一郎は、軽く首を垂れて一礼し、

「新人の島本光一郎と言います。よろしくお願いします」

「わたしこそ、よろしくお願いいたします。鎌倉静香と申します。

正直、わたしも伝票整理が主な仕事なんですが、遺失物・拾得物取扱い受付窓口の応援に回っているんです」

「と言うことは、ここは欠員だったのですか？」

「そうじゃないのよ。

この席に座っていた白鷺今日子《しらさぎきょうこ》先輩が育休（育児休暇）に入ってしまったので、めぐみと日替わりで応援に回っているんです」

「アッ、それでですか？　期限付き条件での助勤と言うのは、納得しました」

「そうみたいよ。本当は、めぐみの隣の席に座る予定だったみたいなの。

今まで、めぐみより一回りも二回りも年上のおじさんたちだったので、だれが隣の席に来るのか楽しみにしていたみたいよ。

この話は、めぐみには内緒にして下さいね」

光一郎は、耳たぶを赤くしていた。

恥ずかしかったのである。

「総務部の歓迎会を明後日予定しておりますので、後で場所と時間をお知らせします。

こちらからの一方的なお話で申し訳ないのですが、島本主任は如何《いかが》ですか？　出席出来ますか？」

光一郎は、背中がこそばゆかった。

はじめて、主任と呼ばれてのことだった。

「大丈夫だと思います。ただ、刑事部からも歓迎会を打診されていますが、日時の話が出ていませんでしたので、まだ先じゃないかと思います。

後で確認するのも申し訳ないので、もしお誘いがありましたなら日時を変更していただきます。

よろしくお願いいたします」

光一郎は、静香にお願いした。

「歓迎会の話は、このくらいにして仕事に掛かりましょうか？」

「はい、お願いします」

年齢や職歴に関係なく、どこの職場に配属されても新人は新人である。

「ここの遺失物・拾得物取扱い受付窓口の初歩的な作業ですが、拾得物を届けに来た人に対して、聞き取り調書に基づいて『拾得物件預り書』の項目に沿《そ》って記入して下さい。

ここで、拾得物を届けに来た人に確認しなくてはいけない一番大切なことをお伝えします。

落とし主が現れない場合、拾得物を届けに来た人に聞かなくてはいけないことは『一切の権利を放棄しますか？　それとも、権利を放棄しませんか？』の二通りを必ず確認して下さい。

また、金額が絡む場合は、紙幣ならびに硬貨の枚数を事細かく、拾い主の人と一緒に確認して下さい」

「難しいですね」

「慣れちゃうと簡単よ」

「そうですよね。頭から難しいと思ったら、何も出来ませんものね。頑張ります」

「最後に、拾得物を届けに来た人が納得していただいた時に、初めて郵便番号、住所、氏名（フルネーム）を記入していただきます。

ここで気をつけなくてはいけないのは、受領年月日と麓山中央警察署長印を忘れないで下さい。

そして、権利を放棄していてもいなくても、拾得者の物件引き取り期間の年月日から年月日までを記入してあげて下さい」

「はい、ここの欄ですね。ところで、この権利は何ヶ月間保管されるのですか？」

「良いところに気づきましたね。警察に届けてから三ヶ月経過後に権利が発生します。それから二ヶ月が保管期間です。

　一連の記入が終わったのを確認して、この書類は複写になっておりますので、下片を拾得物を届けに来た人に手渡して下さい。

　これで、拾得物取扱いが全て終了となります。最後に、お礼の言葉を一声忘れないで下さい」

「はい、ありがとうございました」

　突然、光一郎は拾得物件預り書を手に持ちコピー機（複写機）へ。

　静香は、不思議でならなかった。

　光一郎が帰ってきたのを確認した静香は尋ねた。

「どうしたの？」

「はい、預り書が通し番号だったものですから、自分の練習用としてコピーしてきました」

「流石《さすが》ですね。わたしには考えつかなかったわ」

「恐縮です」

頭を掻きながら光一郎は、当然のことをしただけなのに、こんな些細なことを評価されるのが照れ臭かった。

本当は、嬉しかった。

光一郎は、コピーして来た拾得物件預り書を使って、筆記用具バッグから鉛筆、消しゴム、ボールペンなどを机に並べて記入していた。

新人が取るべき予習の進め方である。

「ギギギギ～、ガッチャン、ゴットン！」

遠くから異様な音を立てながら、大きな台車が近づいてきた。

聞き覚えのある音に真っ先に気づいた静香は、光一郎に声を掛けた。

「今日は、JR麓山駅で預かっている遺失物を届けにくる日なんです。立ち会ってください。わたしも立ち会います」

「たくさんの遺失物なんですが、拾得物件預り書に記入するんでしょうか？」

「アッ、そうね。この物件だけは、JR麓山駅が用意してくる遺失物台帳と遺失物を一個一個照会して預かります。ですから、拾得物件預り書は必要ありません。

また、数多くの遺失物なので、ここで広げることは出来ませんので、地下一階の一時遺失物預かり倉庫に行きたいと思います。行きましょう」

「おはようございます」

元気な声を張り上げて、会計課を通過したのである。

ＪＲ麓山駅で駅員として勤務していた柴野敏夫《しばのとしお》であった。

敏夫は慣れていることもあり、真っ先に業務用エレベータに向かっていた。

追いかけるように、静香と光一郎も業務用エレベータへ急いだ。

地下一階の倉庫は、カビ臭かった。

換気はしているものの、カビの独特の匂いが充満していたのだ。

長くは耐えられる場所《ところ》ではなかった。

光一郎は、密かに静香に訊ねた。

「何ですか？　この匂いは？」

「この匂いは仕方がないの。主に、雨傘ね。

特に、雨期になると傘を一本一本干すことがないので、湿気からカビが発生するのね。

換気は、年中しているのに……？　困ったもんだわ」

「はじめまして、柴野敏夫と申します。ＪＲ麓山駅の駅員です。遺失物取扱いを担当しております。よろしくお願いいたします」

まだ、駅員になって日が浅い敏夫は、元気だけが取り柄の青年だった。

笑顔が生き生きと輝いていて憎めない敏夫が、光一郎の隣にいた。

初対面の二人は、なぜか魅《ひ》かれる何かがあった。

光一郎より三歳年下の敏夫は、会計課の人気者になっていた。

台車から遺失物を取り上げ、大きい声で一点一点読み上げた。

事前に預かっていた遺失物台帳に目を配りながら、静香はチェック記号（レ点）を書き入れていた。

「今日も、傘が多いわね」

「そうですね。このところ朝の通勤通学時間帯に雨降ることが多くて、帰宅する時間帯は雨が上がっていて、傘を電車内の手すりや網棚に置き忘れていくお客様が多いんですよ。

それでいて、忘れ物を取りにくるのかなと思いきや、生活が豊かになったのか殆《ほと》ど受け取りにこないんです。困ったもんです」

肩を落とす敏夫。

「ところで、珍しいと思った遺失物は何ですか？」

興味を抱いた光一郎は、敏夫に訊ねた。

「ぼくは無いんですけど、先輩から聞いた話ですが、本物の拳銃かな？」

「拳銃……本物？　その後、それはどうなったんですか？」

「わたしも聞いた話なんだけど、その拳銃は当然没収されたみたいよ」

二人の話を聞いていた静香が、話に割り込んできた。

「当時、拳銃が発見されたことを隠して、名乗り出てくるのを駅や警察で待っていたみたいなんだけど……。それでも、取りにこなかったわ」

「むき出しの拳銃を取りにくることなど皆無に等しいじゃないですか？」

疑問を抱いた光一郎は、静香へ質問した。

「当然、むき出しの拳銃じゃなくて、敵の目を欺《あざむ》く手段として手提げの紙袋の中に、駅弁の空箱を利用して中に隠していたみたいなの。

重さも同じくらいにしてね？」

「手の込んだ駅弁ですね。それも、紙袋の中なんて？」

「拳銃の売買目的の手段の一つね」

「ところで、犯人は逮捕したんですか？」

「出来なかったの。

拾ってくれたお客様の証言を元に捜索したのと同時に裏付けとして、ＪＲ麓山駅周辺の数多くの防犯カメラを解析したけど、それらしき人物が写っていなかったらしいの。

早く言えば、丁度防犯カメラの死角に入っていたのね。だから、急きょＪＲ麓山駅周辺の商店会にも相談して防犯カメラを増設してもらったらしいわ」

「しかし、手の込んだ取引ですね」

敏夫は、同じ職場の二人が疑問をぶつけ合っている井戸端会議が不思議でならなかった。

正直、敏夫は早く職場に戻りたかったのである。

「あらッ、もうこんな時間？　それじゃ、この棚に置かれている三ヶ月前に預かった遺失物を持ち帰って下さい」

敏夫が持ち込んできた台車に遺失物を載せた。

見かねた光一郎も、手伝った。

静香は、双方の遺失物台帳にサインして敏夫に手渡した。

心得ている敏夫も、また遺失物台帳の控えを残して、静香に手渡した。

「これが、公共交通機関などに関する一連の遺失物取扱いの仕組みです。数回重ねると、自然と肌に馴染んできますから焦らないで下さい」

「ありがとうございます。頑張ります」

三人は一定の作業を終了したのを確認して、業務用エレベータへ。

自席に戻った光一郎は、速やかに遺失物台帳の整理をはじめた。

15　遺失物取扱い窓口

「すんません。これ、荒池公園に紙袋が落ちていました」

元気な子どもたちが、息を荒げてトミタ百貨店の手提げ紙袋を持って現れた。

和久《かずひさ》、輝夫《てるお》、博行《ひろゆき》の仲良し三人組。

「カズちゃんが、公園のベンチ下にあった紙袋を見つけたので、ぼくが潜《もぐ》って拾ってきました」

三人組の中でも、一番元気の良い博行が話し出した。

圧倒された和久と輝夫は頷《うなず》くことしか出来なかった。

光一郎は、子どもたちに訊ねた。

「紙袋の中、見ましたか？」

三人組は揃って、

「見たけど、何だかわからない？」

首を横に振った。

「それじゃ〜。一緒に中に何が入っているか見てみようか？」

「うん」

子どもたちは、黙って頷いた。

手提げ紙袋に入っている物を静かに取り出した。

中から、鶏の挽肉《ひきにく》とスルメ烏賊《いか》の下にいちご大福四個入の他に、トミタ百貨店広告ティッシュペーパー一個とボトルガムが入っていた。

紙袋の底の折り目の中から、無造作に放り込まれた縁日などで売っている安物クロスペンダント（十字架）と塩化ビニールに真空パックされた脱酸素剤（ＫＥＥＰＩＴ）が紛《まぎ》れ込んでいた。

食品の保存剤で、赤文字で〝たべられません〟が表示されていた。

ただ、首を傾げたくなる昔懐かしいグループサウンズのザ・タイガースベスト曲のＣＤも入っていたが、貴重品なる財布などは入っていなかった。

光一郎は、子どもたちに向かって、

「これは、ひょっとすると今日の夕食の食材かもね。他のものは、お土産用として買ってきたんじゃないかな？」

光一郎は、子どもたちの目の前で、拾得物件預り書に年月日や発見場所などを書き、物件内容を事細かく一点一点手に取りながら記入した。

記入が終わったところで、和久に向かって、

「ここの欄に、住所と名前と連絡が出来る電話番号を書いてもらうんだけど、誰にする?」

三人組は顔を見合わせて、困っていたが、

輝夫は、突拍子もないことを言い出した。

「ジャンケンなんかどう?」

「良いね～!」

和久も博行も賛成した。

「ジャンケン、ジャガイモ、サツマイモ～!」

真剣勝負の中で、和久はチョキ、博行はパー、輝夫もパーを出した。

ガッツポーズをとる和久。

真剣勝負を見届けた光一郎は、和久に向かって、

「ここに、住所と名前そして電話番号を書いて!

それから、今日届けてくれた品物に消費期限が記載されているから、途中で廃棄処分させてもらうかもしれないから許してね」

「はい！　わかりました」

和久は、とても上手とは言えない文字で住所などを書き込んだ。

光一郎は、一片の拾得物件預り書を和久に手渡したと同時に、突然、サラリーマン風の顔面蒼白な青年が、頭から大粒の汗を垂らしながら飛び込んできた。

「す、す、すみません。トミタ百貨店の紙袋は届いていませんか？」

川久保新之助《かわくぼしんのすけ》だ。

「ところで、どんな柄でしょうか？」

偶々《たまたま》光一郎は、少年たちから預かった紙袋をテーブル下の足元に置いていた。

「は、はい。柄は覚えていませんが、故郷へ手土産として持って行こうと思っているいちご大福などが入っています」

「もしよろしければ、他の品物も言っていただけますか？」

焦っているせいか、新之助は思い出そうと天を仰いだ。

「アッ、そうだ。ＣＤです！　ザ・タイガースの楽曲が入ったＣＤです！」

光一郎は、何の迷いもなく新之助の物と判断し、カウンターの前にトミタ百貨店の手提げ紙袋を差し出した。

紙袋の中から、品物を一点一点カウンターに並べた。

「これで、間違いありませんか？」

「はい！　間違いありません」

「貴重品などは入っていませんでしたが、間違いありませんね？」

「はい。間違いありません」

「それでは、この拾得物件預り書の受領確認の欄に、受領年月日と住所・氏名をご記入ください」

なぜか、新之助がスーツの内ポケットから分厚い黒革財布を取り出し、財布の中から運転免許証を取り出した。

取り出した免許証を財布の上に置きながら、書類に住所などを書きはじめた。

手が震えていた。

光一郎は眺めることしか出来なかった。

新之助の記入が終わるのを見届けた光一郎は、

「川久保さん！

大変申し訳ないのですが、この手提げ紙袋を拾ってくれた子どもたちに、何かお礼をしていただけませんか？」

新之助は、子どもたちを睨みつけながら分厚い黒革財布の中から、一人ひとりに千円札を手渡した。

輝夫たちは、揃って頭を下げた。

「ありがとうございます」

光一郎も、新之助に向かって、

「ありがとうございます」

頭を下げた。

光一郎は、新之助に手提げ紙袋を手渡そうとした瞬間、

「ちょっと、待って下さい」

呼び止められた新之助は、大粒の汗が額に滲《にじ》み出てきた。

一連の流れを見つめていた静香が、待ったを掛けたのだった。

「島本主任、遺失物を渡す前に身分証明書の提示が義務付けられているのよ」

「すみません。あなたの運転免許証をコピーさせていただいてもよろしいでしょうか？」

新之助は、運転免許証を渋々提示した。

「ありがとうございます。コピーを取らせていただきます。少々お待ち下さい」

「アッ、はい」

震えているような小さい返事だった。

静香は、拾得物件預り書に記入された住所と名前が間違いないかを、運転免許証を見ながら確認しはじめた。

「はい、ありがとうございました」

運転免許証を手に新之助は、手提げ紙袋を脇に抱えて逃げるように警察署を後にした。

子どもたちも、光一郎たちに向かって、

「ありがとうございました。バイ、バ～イ！」

頭を下げ手を振って、別れを惜しんだ。

光一郎は、静香に向かって、

「ありがとうございました」

16　事件発生

「おはよう。昨日は、大変だったようだね。

鎌倉君から一部始終報告を受けたよ。頑張っているね。ご苦労様。

今日も、頑張って下さい！」

為忠が、朝一番に声を掛けてくれた。

「ありがとうございます。頑張ります」

静香も、朝のあいさつを交わしてきた。

「おはようございます。昨日はお疲れ様でした」

「おはようございます。昨日は、ありがとうございました」

年下の静香に挨拶するのには、何の抵抗もなかった。

新人の務めである。

「今日も、昨日のような遺失物に関する問い合わせや対応が多いのでしょうか？」

「そうですね。島本主任に言うのも可笑しな話ですが、昨日のように忙しいときは、勤務時間が短く感じますよね。

ところが、何もないようなときほど、勤務時間が長く感じられませんか？

時間が長ければ長いほど、時間の使い方が分からなくなってしまうのですが……。

逆に、どうしたら良いと思われますか？」

「むずかしい質問ですね。

まだ、ぼくには新しい職場ですので、学ぶことがたくさんあります。

ですから、どこから手をつけて良いのか迷いながらも、嬉しい悩みでもあるんです。

しかし、静香先輩に物申すのも恐縮ですが、仕事の無駄を省《はぶ》く方法やアイデアなどを考えると、時間は必然的に消化していくんじゃないでしょうか？」

「そうですよね。わたしも仕事の改善を少しずつですが考えてみます。

ところで、今日の歓迎会会場わかりますか？」

「はい。駅前の居酒屋ですよね。大丈夫です」

「もし、島本主任が良ければ、わたしたちと一緒に行きませんか？　めぐみも一緒ですけど……」

…………

「今日も、お疲れ様でした」

私服に着替えた静香とめぐみは、エントランスホールにいた。

遅れて益夫も為忠も、エントランスホールで合流するのだった。

光一郎は、いつも歓送迎会を開催されると現地集合・現地解散が多かったこともあり、静香の誘いを断ったことに後悔していた。

「島本君、一緒に行こうじゃないか？」

やさしく声を掛ける益夫がいた。

「はい、ありがとうございます。よろしくお願いいたします」

光一郎も、合流した。

「三村部長は、少し遅れて直接居酒屋に行くそうです」

静香は、益夫の顔色を窺《うかが》いながら話した。

その時、制服制帽の警察官が慌ただしくエントランスホールを走り回っていた。

異様な動きに反応した益夫は、正修に訊ねた。

「はい、荒池公園の人工池で水死体が発見されました。身元も死因も、まだわかっておりません。

今日は、刑事部全署員徹夜態勢になるかと思います。それじゃ、失礼いたします」

律儀にも益夫に敬礼して、現場に立ち向かう正修。

「大変な部署なんですね。刑事部は？　ところで、河村課長が話しかけていたあの方は？　なんて言う方ですか？」

「去年、警備部から刑事部に異動になった笠原正修巡査だよ。島本主任とは、顔見知りかな？」

「いいえ、昔、大変お世話になったことを思い出したものですから……」

光一郎は、はじめて正修のフルネームを知った。

昔、自分が招いてしまった誘拐事件擬《もど》きが、昨日のように脳裏に蘇ってきていた。

あの時もこんな状況の中で、全署員が駆けずり回っていたんだろうな……。

思い出すと、本当に申し訳ない気持ちで、いっぱいになっている光一郎がいた。

「刑事部は、警察の要《かなめ》で、市民の安全・安心を守る重要な任務を援護し、大事な役割を遂行しているんですものね。

事件が発生すると休日も祝日はもとより昼夜の区別もなくなってしまうのが可哀想《かわいそう》だわ」

静香は、本音を口に出してしまった。

他人事のように話せるのも、定時の時間で帰宅もでき休日もきちんと休みが取れる内勤者のいけない一面が垣間《かいま》見える瞬間でもあった。

「さぁ、河村課長行きましょう」

静香は、自然に益夫の腕に手を通して、いざ居酒屋へ。

直属上司に対して友だちのような大胆な行動を取れる静香が羨ましかった。

どうしても、めぐみには出来なかった。

光一郎は、静香とめぐみの動きを冷めた目で追っていた。

…………

「昨日は、お疲れ様でした」

「ありがとうございました。ちょっとお聞きしてもよろしいでしょうか？

いつも、静香先輩たちは三次会までお付き合いするんですか？」

「そうでもないのよ。今回は、若き島本主任が着任されたのを祝ってのお付き合いですかね？

それと、めぐみがどうしても最後まで付き合いたいと言うもんだから、わたしも女性の一人として最後まで参加させてもらいました。

でも、島本主任は、幅広い曲目を何でも歌えるんですね。

島本主任の一面を覗き込んだようで、はじめて知ることが出来ました。

また今度、一緒にカラオケ店に行きましょうよ。めぐみも一緒に……。

本当に、楽しい歓迎会ありがとうございました」

「アッ、それは違いますよ。逆に、ぼくの方からお礼を言わなくちゃいけないんです。本当に、ありがとうございました。

しかし、総務部は、役者が勢ぞろいなんですね。特に、田中課長は裏声の持ち主で、河村課長はデュエット曲が好きそうで、静香先輩とめぐみさんと交互に熱唱していましたものね。心地よかったです。

何と言っても、三村部長が洋曲のサントワマミーを熱唱していた歌声が、まだ耳に残っていて忘れられません。

しかも、総務部のみなさんは、エンターテイメントの集団かなと思うほど感激いたしました」

光一郎と静香の雑談から、一日がはじまった。

「島本主任、今日の三大新聞並びに地方新聞とスポーツ新聞をお持ちしました」

「静香先輩！　この新聞は、田中課長の席に置かれたほうが良いのではないでしょうか？」

「田中課長は、まだ出勤していないので、先に目を通しておいて下さい。

もし、田中課長が見えたなら島本主任からお渡しいただくと喜ぶかと思います」

「ありがとうございます。気配り流石《さすが》ですね。勉強になります」

今まで、こんな教育を受けたことがなかった光一郎は感動していた。

「それから、わたしを静香先輩と呼ぶのは可笑しいです。ここの職場は、縦社会です。呼んでいただくなら、呼び捨ての静香とか静香ちゃんか、さん付けでお願い出来ませんか？

直属の上司にお願いするのも可笑しな話ですが、よろしくお願いいたします」

「はい、承知いたしました。静香先輩！」

「ほら、いま注意したばかりでしょう（笑）」

光一郎は、静香を見つめてほほ笑んだ。

新聞に目を通していた光一郎は、何の躊躇《ためら》いもなく声を張り上げてしまった。

驚いた静香は、

「どうしたんですか？」

「ねぇ、こ、ここ見て下さい。この顔写真！　どこかで、見たことないですか？」

「えッ、どこで見たんでしたっけ？」

「ほら、一昨日。ここに、遺失物を引き取りにきた男性に似ていませんか？」

「そう言われてみれば、どこか似ていますかね？」

光一郎は、他社の新聞を並べて見比べた。

【荒池公園の人工池で、身元不明の水死体発見!!顔写真】

「間違いないですよ！」

確信した光一郎は、早速、拾得物件預り書控えを机の上に広げた。

遺失物を受け取りにきた日時や氏名などを、事細かくメモ用紙に書き込んでいった。

また、拾得物件預り書控えをコピーするのだった。

メモ用紙には、光一郎が知り得た情報と記憶を思い出しながら、箇条書きで書き込んでいった。

［氏名・川久保新之助。

住所・麓山市本町一丁目14番9号。

生年月日から年齢38歳。

身長は、170～175センチメートル位（エントランスホールの観葉植物ジャスミンの高さより10センチメートル程高かった）。

身分証明書は、運転免許証（運転免許証についてはコピー済み）。

容姿については、顔は、醤油顔。

髪は、黒髪で七三分け。

片耳にピアス有り。

ベージュ色の三つ揃いスーツ姿。

靴は、ブラウン系革靴。以上」

分かる範囲で、メモ用紙に書き残した。

書き終えた光一郎は、静香に確認してもらうため呼び寄せた。

「ぼくの分かる範囲で書き留めましたが、静香先輩いや静香さん、何か取りこぼしていませんか？」

「島本主任は、刑事並みの観察力で感心しました。

わたしも思い当たる点を探しましたが見つかりませんでした。力になれなくてごめんなさい」

静香は、頭を下げるのであった。

「何も謝らなくてもいいんじゃないですか？　悪いことした訳じゃないんですから……。

それじゃ、このメモ用紙を刑事部へ持って行きます。

あくまでも、会計課として情報提供してきます」

光一郎は、為忠に各新聞を届けながら、昨日の水死体事件に何らかの関連が会計課にあることを報告した。

為忠の了解を得た光一郎は、刑事部へ。

「失礼いたします」

ドアはフルオープンの刑事部は、署員の出入りが激しく物々しい状態になっていた。

光一郎は、頭を下げながら知り合いを探した。

刑事部の奥に位置している公三郎の席に、学と正修が何やら話し込んでいた。

事件の経過を報告し合っていたのだ。

突然の光一郎の訪問に、驚いた公三郎は、

「今、殺人事件のことでいっぱいなんで、島本君の応対は勘弁してくれないか？」

隣で報告を兼ねていた学と正修も迷惑な顔で跳ね返した。

正修は、光一郎に向かって、

「この忙しい時に、素人がのこのこと来るんじゃないよ！」

正修に、激しく怒られた。

恐縮した光一郎は、三人の顔を見つめながら、

「本当に、申し訳ございませんでした」

深々と頭を下げ、刑事部を立ち去ろうとした時、公三郎が、

「まあ、良いじゃないか？　何かな？」

「はい。今回の身元不明の殺人事件に、会計課も絡んでいるんじゃないかと思いまして、上司の田中課長に相談して報告に参りました。

本当に、申し訳ございません」

「どう言うことかな？」

公三郎は、光一郎に聞き返した。

「はい。一昨日、わたしどもの会計課に落としものをした旨の問い合わせで訪ねてきた人物が、今日の各新聞に掲載されていた顔写真と酷似していましたので、拾得物件預り書の控えと運転免許証のコピーを持参いたしました。

また、わたしのわかる範囲で恐縮ですが、メモ用紙も用意させていただきました」

光一郎は、公三郎にメモ用紙等を手渡した。

完璧なメモ用紙等に目を通した公三郎は、隣にいた学と正修に手渡したのである。

被害者の川久保新之助に関する身元を示す貴重品などは見つかっていなかったので、捜査資料の唯一の手掛かりになっていた。

公三郎は、捜査資料の一つとして、被害者が所持していたと思われる運転免許証に

記載内容を確認と裏付けするため、正修に県の公安委員会へ問い合わせするよう、交通部を通じて調べるようを命じた。

「はい、早速行ってきます」

光一郎が用意してくれたメモ用紙を手に、交通部へ。

公三郎は、刑事部を見渡した。

被害者の情報を得るため聞き込みで、全署員出払っていたのである。

ただ一人だけ電話対応で苦労している長谷川次郎《はせがわじろう》巡査が残っていたので呼びよせた。

「長谷川君！

福島警部補と一緒に、ここに書いてある被害者の住所へ行って家宅捜索をしてきて下さい。福島君頼むよ！」

学と次郎は、公三郎に敬礼して刑事部を後にした。

公三郎は、警察全署員が所持している緊急警察無線に、通信指令室を通して殺人事件の手掛かりとなる詳細を流した。

緊急警察無線は情報の一元化により、捜査員のイロハを叩き込む重要なアイテムの一つになっていた。

光一郎は、ただ見守ることだけしか出来なかった。

…………

「こちら福島です。雀之宮警部、応答願います！」

「はい、雀之宮です」

「記載されている住所を訪ねましたが、鈴木一朗《すずきいちろう》さん宅で、川久保新之助被害者が住んでいる痕跡《こんせき》は見つかりません。

鈴木さんをはじめ近隣住民に川久保新之助被害者の顔写真を見せたのですが、今日の新聞とかテレビなどの報道で見ただけで、この地域では見たことがないとのことです。それを、みなさん口を揃えて答えていました。

もう少し、こちらの周辺一帯を聞き込み続けます。以上！」

「了解！」

交通部へ出向いていた正修が戻ってきた。

「雀之宮警部！　川久保新之助被害者が所持していた運転免許証は偽造されていたものでした。

運転免許証の番号を問い合わせしたところ、一年前に鈴木一朗さんから紛失届が出されていた運転免許証でした。

氏名と住所並びに顔写真を精密に加工して差し変わっていました。素人の手では加工出来る代物《しろもの》ではありません。

プロの手が加わっているものと思われます」

正修の怒りにも似た言葉の節々《ふしぶし》から感じられる悔しさが、公三郎にも伝わっていた。

「死する時ぐらい自分の身分を分かるように、何らかの形でメッセージを残しておいてくれれば、真犯人を捕まえて挙げられたのに？　非常に残念です！」

正修が、肩を落としていたところに、

「失礼いたします！」

鑑識課の村松貴公《むらまつたかひろ》が、公三郎の元へ訪れた。

「雀之宮警部！　川久保新之助被害者の体内から、覚せい剤が検出されました。

また、スーツの上着の内ポケットから微量ながらも、覚せい剤が溶けた痕跡が生地から見つかりました。

荒池の鯉が、覚せい剤を突き回して溶かしたものと思われます。以上、報告終わります」

「ご苦労様です」

公三郎は、貴公に向かって感謝の弁を述べた。

貴公は、公三郎に鑑識の途中経過を、いの一番に報告して刑事部を後にした。

書　名			
お買上 書　店	都道 府県　　　　　市区 郡	書店名	
		ご購入日	年　　月

本書をどこでお知りになりましたか?

1.書店店頭　2.知人にすすめられて　3.インターネット(サイト名

4.DMハガキ　5.広告、記事を見て(新聞、雑誌名

上の質問に関連して、ご購入の決め手となったのは?

1.タイトル　2.著者　3.内容　4.カバーデザイン　5.帯

その他ご自由にお書きください。

(

本書についてのご意見、ご感想をお聞かせください。

①内容について

②カバー、タイトル、帯について

弊社Webサイトからもご意見、ご感想をお寄せいただけます。

ご協力ありがとうございました。

※お寄せいただいたご意見、ご感想は新聞広告等で匿名にて使わせていただくことがあります。

※お客様の個人情報は、小社からの連絡のみに使用します。社外に提供することは一切ありません。

■書籍のご注文は、お近くの書店または、ブックサービス(0120-29-9625)、セブンネットショッピング(http://7net.omni7.jp/)にお申し込み下さい。

郵便はがき

料金受取人払郵便

新宿局承認

7552

差出有効期間
2024年1月
31日まで
(切手不要)

160-8791

141

東京都新宿区新宿1－10－1

(株)文芸社

愛読者カード係 行

ふりがな お名前		明治 大正 昭和 平成 年生 歳
ふりがな ご住所	□□□-□□□□	性別 男・女
お電話 番号	(書籍ご注文の際に必要です) ご職業	
E-mail		
ご購読雑誌(複数可)		ご購読新聞 新聞

最近読んでおもしろかった本や今後、とりあげてほしいテーマをお教えください。

ご自分の研究成果や経験、お考え等を出版してみたいというお気持ちはありますか。

ある　ない　内容・テーマ(　　　　　　)

現在完成した作品をお持ちですか。

ある　ない　ジャンル・原稿量(　　　　　　)

雀之宮は緊急警察無線を使用して、川久保新之助被害者が覚せい剤に絡んでいることを全署員に伝えた。

今までの事件経過をまとめると、川久保新之助被害者は、サラリーマンを装《よそお》って仮面を被《かぶ》ったとんでもない人物であることが証明されていたのであった。

最初の頃は同情していた自分たちも、取るに足らないつまらないことに関わった事件ではあるものの、警察官としては不可解な事件であっても解決しなくてはいけない使命感が教育されていたのである。

なぜなら、一般市民が不慮の事件事故に巻き込まれないよう、最善の注意力や洞察力を要求される職業の一つになっているからだ。

公三郎は、渡邊の承認を得て、全国の警察署へ情報共有システムの一環として協力要請を依頼した。

川久保新之助被害者の顔写真を公開提供することで、いち早く情報を得ることが早期解決の糸口なると判断したのだ。

麓山中央警察署屋上の強風に煽《あお》られながら、しょんぼりと項垂《うなだ》れている職員がいた。光一郎だ。

前回同様、今回も警察官を総動員させてしまったことへの後悔が蘇ってきていたのである。

署内に知り合いの多い刑事課には、何としてもいち早く情報を提供したかったのが裏目に出てしまったのだ。

光一郎を心配した静香とめぐみが、屋上まで駆けつけてくれた。

駆けつけてくれた中には、正修もいた。

「島本主任、大丈夫ですか？」

静香から、やさしく声を掛けられた。

「アッ、ありがとうございます。

ご心配おかけしております。本当に申し訳ございません。

実は、高校生時代にここ麓山中央警察署員を総動員させてしまったことが、昨日のように蘇ってきたのがトラウマになっていまして」

光一郎の顔色が優れていなかったのと、声に張りがなかった。

光一郎より年齢的には四歳年上であっても、階級が下の正修は、

「島本主任がご用意していただいたメモ用紙等の情報が、捜査に一番役立っていることとは間違いありません。

余り、自分を責めないで下さいとのことを伝えてくるよう雀之宮警部から託《ことづか》って

参りました。

今、川久保新之助の本当の姿を洗い出すため、全国の警察署に問い合わせ中です。面白いことが判明するかもしれません。今しばらくお待ち下さい」

正修が、はじめて川久保新之助被害者の被害者を外し、呼び捨てで話し出していた。

「ありがとうございます」

光一郎は、公三郎からの励ましの言葉が一番嬉しかった。

……………

「今日はお忙しい中、島本主任が当署に着任していただいた歓迎会を開催いたします」

司会進行役は、正修に任されていた。

「まずはじめに、雀之宮警部から挨拶をお願いいたしたいと思います」

公三郎は、正修にダメ出しをするのであった。

「笠原君！　一般の店を利用するときは、特に警察官の職場名とか役職名は禁句です。余り公《おおやけ》にしないで下さい。誰が聞いているか分らないので、良いですね」

頭を掻きながら、恐縮する正修。

「本来なら、経理部全員に島本君を紹介したかったのですが、ご存知の通り期末決算が近づいているので、この人数で申し訳ない。

ただし、今日の参加メンバーは、島本君にとって必ず力になってくれるはずの人たちを集めた会です。

特に、年上だと気遣うのが目に見えているので、同世代で構成しました。

小さいことに拘《こだわ》らず、本来の島本君の洞察力に期待しています。頑張って下さい！」

挨拶を終えた公三郎は、正修に目で合図した。

挨拶の最中、光一郎と初対面の貴公は軽く頭を下げた。

「引き続きまして、乾杯の音頭を福島課長代理にお願いしたいと思います。

目の前のグラスコップにビールを注いで下さい」

「本当にお忙しい最中、ありがとう。今日は、当社のかわいいお嬢さんたちにも、特別参加していただきました。ありがとう。

それでは、早速、乾杯したいと思います。乾杯！」

「乾杯～！」

居酒屋の個室に、グラスコップの当たる音が響いた。

何故だか不明なのが、めぐみと静香も参加してくれていたことだった。

正直、光一郎は嬉しかった。

…………

宴会も中締めに差し掛かったところで公三郎が立ち上がり、

「まだ、公にはされておりませんが、嬉しい報告が一つあります」

突然の報告に有志の会に出席した全員が、公三郎の顔を見つめた。

「いつも、肩身の狭い宴の会場から、ようやく脱却することが決定いたしました」

アルコールが入っているせいか、上機嫌な公三郎が、

「居酒屋も決して悪くはないですよ。

ただ、居酒屋での情報交換は、本音を聞き出したり話したりすることは難しいですよね。

秘密主義を抱えている職場では、計り知れないものを感じることも多々あります。

そこで、わが社も社員の福利厚生施設として社員クラブを作ることになりました。

名称は、社内だよりで公募するそうです。そこは、職場を勇退された諸先輩たちや奥様方が管理してくれる館《やかた》です。

それも、福利厚生費を充当していただけますので、飲み物や食べ物などは全て原価で処理することになりました。

ただし、利用するには厚生課に事前予約して、月一回の抽選で決定されるそうです。

抽選に外れた場合は、いつも通りの居酒屋やスナックなどで懇親を深めて下さい。

ただし、くれぐれも社名を出すのはご法度ですよ。楽しく飲みましょう」

17　名誉挽回

「リン、リ～ン、リン、リ～ン……！」

ベニヤ板で仕切られた長屋に、電話のベルが鳴り響き渡った。

光一郎の勤務先から大事な連絡が取れるよう、小春は無理して固定電話を設置してくれた。

小春の親心であった。

響き渡る電話の受話器を小春が取った。

「はい、もしもし島本ですが、どちら様でしょうか？」

「早朝から大変申し訳ございません。民友新聞の佐藤と申します。お母様ですか？大変ご無沙汰しております。光一郎さんはご在宅でしょうか？」

「はい、就寝しておりますので、起こして参ります。少々お待ち下さい」

小春は、光一郎の元へ。

目を擦りながら、パジャマ姿の光一郎が受話器を取った。

「はい、光一郎です」

「光ちゃん、朝早くから起こしてしまって申し訳ない。急な話で恐縮なんだけど、今日朝刊配達のお手伝いお願い出来ないかな？　七海さんの家族に不幸が起きてしまって、急に来れなくなってしまって困っているんだよ。お願い！　今日だけ応援お願いしたいんだけど、無理かな？」

「…………」

光一郎は、電話越しではあるが、困っている泰榮の姿が頭の中に浮かんできていた。

「わかりました。丁度、この時間ウォーキングに出るところなので、そちらに伺います」

「ありがとう。助かります。本当にありがとう。待っています」

感謝の言葉を残して、電話を切った泰榮。

本当は、ウォーキングなどしたこともないのに光一郎は、泰榮を心配させまいとして嘘《うそ》をついていた。

…………

久しぶりの新聞配達だ。

こんなにも、新聞紙のインクの匂いが青春を思い出させる新鮮な場所になっていた。

光一郎は、新聞配達が終盤に差し掛かった先に、花咲家が目に飛び込んできた。

懐かしさが込み上げて、思い出していた。

静かに、花咲家に近づいた。

恋美がいたとみられる二階の部屋を見上げた。

しっかり雨戸が閉められていた。

ポストには、新聞紙や郵便物などが溢れ詰め放題になっていた。

光一郎は、改めて垣根越しに花咲家の中を覗き込んだ。

大きな声を張り上げて、朝の挨拶を交わした。

「おはようございます！」

返事は、何一つ返ってこない。

手入れが行き届いていた庭園は、荒れ放題で芝生はドクダミ草などの雑草だらけになっていたことが、光一郎にはショックだった。

何があったのか、恋美に直接聞きたかったが、今はいない。

たった四年の歳月の中で、人生を変える大きな出来事が、恋美を襲っていたことなど知らなかった。

光一郎は、反省するも音信不通になってしまっていたことを後悔するしかなかった。

淋しかった。

悔しかった。

一日でも良いから恋美に、会いたかった。

恋美を、今すぐにでも抱きしめ励ましたかったからだ。

どんな方法を使ってでも良いから、連絡を取りたかった光一郎。

仕事でもプライベートでも挫折感を味わうことが、こんなに早く訪れるとは思ってもいなかった。

後ろ髪を引かれる思いのまま、荒池公園を横切ろうとしていた光一郎に、急に朝日の光が飛び込んできた。

そう言えば、この荒池公園のベンチが和久たちが遺失物を拾った場所であることを、フッと思い出した。

刑事でもない事務職員の光一郎が、今までの失態を取り戻したいがゆえに立ち上がった。

正直、名誉挽回を図りたかったのだ。

光一郎は、公園内のベンチを探した。

それも、防犯カメラから外れているベンチに絞り込んでいた。

素人の光一郎の考えではあるが、犯人は土地勘に詳しい人物であると推測していたのである
トミタ百貨店の手提げ紙袋が置かれていた場所が、ベンチの上じゃなくて下に置いてあったことが不思議でならなかった。

なぜ、ベンチの下に置いておく必要があったのかを考えはじめた。

自転車をベンチ前に立てかけて、ベンチに座って目を閉じて考えた。

川久保新之助が水死体で発見された荒池から、ここのベンチまでの距離を計算すると約50メートル。

ベンチ前で争っていた形跡はなかったと学たちが話していたのを耳にしていた。

殺害された場所からは、荒池公園の人工池桟橋前で争った痕跡が見つかったことと、ダイバーが池底から撲殺したと思われる凶器の石ころが見つかっていた。

石ころに付着していた血痕が血液型A型で、川久保新之助の血液型とルミノール反応が完全に一致していた。

と言うことで、何らかの形で撲殺された川久保新之助が、荒池に突き落とされたと判断された。

が、身分を証明される運転免許証や黒革財布などを所持していなかったと報告されていた。

物取りによる強盗殺人なのか、覚せい剤絡みの内紛による証拠隠滅殺人事件の二通りで捜査が進められていた。

荒池に投げ込まれた時間と音を、誰かが聞いているはずとの見解から、近隣を二人一組で私服警官が聞き込み捜査を展開していた。

光一郎は、勝手に覚せい剤が絡んだ殺人事件と決めつけていたのである。

なぜなら、光一郎は目撃していた。

川久保新之助が会計課カウンターで拾得物件預り書に記入する時に、分厚い黒革財布の上に運転免許証を置きながら住所などを記入していたこと。

今考えると、住所などを書くときに運転免許証を傍に置くことが不自然だったことだ。

また、黒革財布から千円札三枚を取り出し、和久と博行と輝夫に一枚ずつ礼金として渡していた中身が分厚かった。

これは、警察を混乱させるための手段として、時間稼ぎの一つに過ぎないものと思うようになった。

光一郎は、ベンチの下に何か証拠になるものが落ちていないか潜り込んで探した。

トミタ百貨店の手提げ紙袋が置かれていたと思われるベンチの周りに落ちていた、コーヒーの空き缶とコークの空き缶や銘柄の違ったたばこの吸い殻数本などを、自分が手にしていた軍手を脱ぎ、その中に拾い集めはじめた。

拾ったものに、自分の指紋などが付かないように細心の注意を払って、採取していった。

運良くこの殺人事件発生前から天候にも恵まれていたこともあり、公園内のごみ籠《かご》にもたくさんのヒントとなるゴミもあった。

当然、公園内のゴミは鑑識課が採取して調べているのは分かっていたが、どうしても気になっていた。

それも、公園内のゴミ回収日は一週間ごとだったこともあり、光一郎は片《かた》っ端《ぱし》から漁《あさ》った。

…………

「お疲れ様でした。今日は本当に助かったよ。ありがとうね。

これ少ないけど受け取ってくれない？」

分厚い白封筒を、光一郎に差し出した。

「佐藤所長！

現在《いま》ぼくは、警察勤務の公務員なので受け取ることは出来ません。

あくまでも、困っている所長を助けたかっただけです。

小さい頃から面倒を見てもらっていたぼくの感謝の気持ちです。気にしないで下さい。

いつでも応援出来ますので、声を掛けて下さい。ただし、ウォーキングの時間だけですけどね（笑）」

泰榮は、白い封筒の中身は現金じゃなくてビール券であることを伝えたが、それでも光一郎は辞退した。

「所長、その代わりと言っちゃなんですが、小さいビニール袋二枚いただけませんか？

この品物が入る大きさの物で結構です」

ビニール袋を受け取った光一郎は、軍手に入れ込んでいた空き缶や吸い殻などを分けて入れはじめた。

泰榮は、配達の途中でゴミを回収している光一郎に感心していた。

…………

「おはよう。光ちゃん、朝早くから警察に呼び出されちゃったのかい。大変なところなのね？」

志のぶが、帰って来た光一郎に声を掛けた。

「はい。いいえ」

ここで、新聞配達の手伝いをしてきたなど言えなかった。

「ごめんね。志のぶちゃん！　朝早くから電話のベルで起こしちゃったみたいで、今度から気をつけるからね」

「良いのよ。お互い様なんだから……」

小春と志のぶの井戸端会議がはじまった。

…………

「おはようございます。笠原さん！　一つお願いがあるのですが聞いていただけますか？」

「おはようございます。どうしたのですか？　そんな深刻な顔をして？」

「はい。取り立てて言うほどのことではないのですが、このビニール袋の中に入っている空き缶やたばこの吸い殻などから指紋検出していただけないでしょうか？」

「この検出しようとしている空き缶などは、今回の殺人事件に何らかのヒントが隠されているのかな?」

「はい。どうしても、ぼくには拾得物に絡んだ殺人事件にしか思えないのです。

無理は承知しております。

何とかお願い出来ないでしょうか? お願いします!

村松さんに鑑定してもらえるよう、笠原さんからお願いしていただけませんか?」

「困りましたね? ぼくには、そんな権限はないんですけど、頼んでみることは頼んでみますが? 余り期待しないで下さい。

ただし、ぼく一人の判断でお願いすることは出来ませんので、福島警部補を通して雀之宮警部へも報告させていただきますが、よろしいでしょうか?

それと、このビニール袋をそのまま、村松鑑識官へ送致いたします。それでよろしいですか?」

「勿論です。笠原さんのおっしゃる通りの方法でお願いいたします。

ぼくも、この麓山中央警察署に着任して間もない素人がお願いするのですから、首を傾げるのは当たり前のこととお察しいたします。

警察には、飛び越えてはいけない規則(ルール)が引かれていることも承知しております。

直接、雀之宮警部にお願いするとなると越権行為が生じてしまいます。この一件が受け入れてもらえないようなら諦めます。

よろしくお願いいたします」

光一郎は、正修に深々と頭を下げた。

正修の心の中では、正直いい迷惑だった。

この忙しい最中、ビニール袋を持って行ったところで叱られることは目に見えていたのだが、なぜか雀之宮警部にはお気に入りの仲なので断り辛かったのだ。

正修は、ビニール袋を手に渋々刑事部へ。

公三郎と学が深刻な打ち合わせの中に正修が、

「打ち合わせのところ、失礼いたします！」

二人の鋭い目が、正修を突き刺した。

「どうした？」

「はい。会計課の島本主任から鑑識課に、このビニール袋の中に入っている物を鑑定していただけないかの相談がありましたのでご報告に参りました。

如何いたしましょうか？」

「今回の事件の手掛かりになる物なのか？」

正修は、光一郎から聞いた経緯を話した。

それを聞いた公三郎は、怒鳴るどころか、

「今は、余りにも情報が少な過ぎる。鑑識課も忙しい真っ只中なのは承知の上でお願いしてみようじゃないか？

わたしの買い被《か》《かぶ》りかもしれないが、島本君を信じてみようと思っているんだよ。

なぜなら、容《かた》にはまった刑事部にない素人の直感も信じてみたくなったって言うわけ……。

良いよね、福島警部補！」

「はい。笠原君！　早速、鑑識課へ行って調査依頼してきて下さい！」

「はい。了解しました」

正修は、鑑識課へ。

18　恋美は、何処に

光一郎は、麓山中央警察署の近くで営業している古谷モーターカー株式会社を訪ねることにした。

こんなに近くに構えている古谷モーターカーがあることすら忘れていた。

敏行とは、高校卒業以来の四年ぶりの再会である。

「こんにちは。島本と申します。高橋さんいらっしゃいますか？」

「何の御用でしょうか？」

「高校時代の同級生の島本と言っていただけると、高橋さんにも分かってもらえると思うのですが……。

よろしくお願い申し上げます」

「はい。かしこまりました。少々お待ち下さい」

事務員の女子が、席から立ち上がって隣の作業場へ。

「やあ～。お久しぶり。元気だったか？」

満面の笑みで、光一郎を迎えてくれた。

「何年ぶりかな？」

「何、恍《とぼ》けているんだよ（笑）。高校卒業以来だから、四年ぶりと言うところかな」

敏行は、作業中だったこともあり、ツナギの作業着が油まみれになっていた。

「ところで、おまえは今どこに？」

「アッ、そうか。まだ言ってなかったか？

この四月に隣の麓山中央警察署に着任したばっかりなんだよ」

「エッ、なんだよ。隣組か？　よろしくな！」

光一郎は、胸から名刺を取り出して、敏行に手渡した。

「まあ、立ち話もなんだから、事務所に行こう」

「ごめんな。忙しい時にお邪魔して！」

「何言っているんだよ。俺は、いつでも歓迎だぜ！」

敏行は、自席から名刺を持ってきて、光一郎に手渡した。

「おまえ本当に、警察から離れられない奴なんだな？

俺が知っている範囲では、麓山市役所に勤めているって聞いたけど……。違ったのか？」

「当たっているよ。でも、行政は出先機関に出向を命ぜられることが多々あるんだ。公務員は辛いよ。好きで来ているわけじゃないから余計辛いよ」

「失礼いたします」

女子事務員が、日本茶を入れて持ってきてくれた。

すかさず、光一郎はお礼を言った。

「ところで、この四年間の間で大きく変わったことが、一つだけあるんだけど分かるか？」

「なんだよ？」

「俺たちのクラスのマドンナでお嬢様の花咲恋美知っているよな」

「あぁ、知っているとも……。何かあったのか？」

光一郎は、いの一番に恋美の話を聞きたかったことを、敏行が口火を切ってくれた。

「江戸時代から作られてきた醬油のはなさき醬油醸造所が倒産したんだよ。

このところ、軒並み酒造メーカーや醬油メーカーなどの大型工場が乱立して、街並みも大きく変わってきちゃったんだ。

駅前商店街も大型量販店が次々に進出してきたばっかりにゴーストタウンへ姿が変わってしまった。

その煽りを食らって花咲の家も大打撃を真面《まとも》に受けたんだな、きっとそうだよ。

悲しい話はこれで終わらないんだ。

聞くところによると、夜逃げ当然に姿を消したみたいで、誰一人花咲家の家族の顔を見ていないんだ。

ただもう一つ気になっていることがあるんだ？」

「何？」

「花咲は、可哀想に家業を死守するために東京から呼び戻され、老舗のために結婚当事者の意思を度外視して、強制的に結婚させられたと言う噂が広まったんだ。

本当のことかどうかは分かっていないけど淋しいよなぁ政略結婚は……。この時代にだぜ～！」

「嘘だ～！」

事務所に響き渡る奇声が流れた。

余りの大きな奇声に、女子事務員は驚いた。

「どうしたんだよ。光一郎！　おまえ、まさか本当は好きだったんじゃないだろうな。学生時代付き合っていたとか？」

光一郎は、首を縦に振ることしか出来なかった。

光一郎の頭の中は、高校時代の思い出が走馬灯のように蘇ってきていたのだった。

悲しかった。

淋しかった。

今すぐにでも、恋美を抱きしめてあげたかった。

そして、さようならも言いたかった。

そう言えば近頃、わが長屋を眺める若い女性が時々現れるのを、志のぶおばさんが目撃していたのを聞いたことがあった。

可愛いお嬢さんが、涙を流しながら長屋を見つめていたので、声を掛けたって言っていたな。

「お嬢さん、どうかしましたか？」

問い質《ただ》したけれど、涙を流すだけで何も答えてくれなかったらしい。

その後、小走りで去って行ったとのことだった。

恋美じゃないことだけを、光一郎は祈った。

もしそうだとしたなら、自分が避けているかのようで嫌だった。

だから、光一郎は志のぶに頼み込んだ。

「おばさん！　もし、その女の人がまた現れたら、連絡先を聞いておいてくれませんか？

間違いなく、ぼくの知り合いだと思うので、よろしくお願いします」

本当に知らなかったのだから仕方がないことだが、それでも一目だけでも会いたかった。

でも、会うことが未練がましい男と思われるのも嫌だったこともあり、心が揺れ動いていた。

しかし、諦めることも選択肢の一つであることも悟っていた。

ここで、光一郎と恋美の青春の一ページは閉ざされた。

ありがとう、恋美！

幸せに、恋美！

いつの日か、恋美とは笑って話せることがきっと来ることを願う光一郎だった。

19　極秘捜査

「島本主任は、まだ帰ってきませんか？」

会計課に催促の内線電話が、刑事部から入っていた。

「はい。ただ今、ＪＲ麓山駅遺失物センターに出向いていまして、ちょっと遅れているようです。

早速、島本へ連絡を取りまして署に戻るよう指示いたします」

「よろしく！　戻り次第、刑事部まで来るようにお伝え下さい」

「はい。了解しました」

静香は、内線電話を切った後、不安が過った。

本当はＪＲ麓山駅には行っていなくて、プライベートとして時間を空けて友だちのところに出かけていることだけは言えなかった。

光一郎が、また何か遣《や》らかしてしまったのか、会計課の一員として心配が先走った。

会計課絡みの殺人事件と思い込んでいる光一郎を、誰も止められなかったことへの後悔が糸を引いていた。

自分を責める静香だった。

「ただいま帰りました。遅くなって申し訳ありません」

「島本主任！　大変です。戻り次第、刑事部へ来るようにと連絡が入っています。早く、刑事部へ！」

「はい。了解しました！　行ってきま〜す」

冷静な光一郎を、静香はただ見送るしかなかった。

…………

相変わらず刑事部は、われ勝ちに騒ぎ立てていた。

「失礼いたします。遅くなりました」

光一郎は、恐縮そうに頭を下げながら公三郎の席へ。

開口一番、隣の席に座っていた学が、

「遅い！　笠原君、どこでも良いから取調室空いているか見てきてくれたまえ〜！」

怒鳴られたような荒々しい声が、刑事部の部屋に響いた。

決して怒っていたわけじゃなく、光一郎が待ち遠しかったのである。

つい声が甲高くなってしまったのだ。

刑事部は、一段と気が引き締まる部屋になっていた。

「取調室三号室が空いていたので、予約してきました」

正修は、息を切らしての報告と敬礼も忘れなかった。

「それじゃ、鑑識課の村松君へ連絡して取調三号室に、至急来るよう連絡して下さい。連絡が終了次第、あなたも取調室に来て下さい」

「はい。かしこまりました」

正修は、自席に戻り内線電話を掛けはじめた。

光一郎の顔を見た学は、興奮から冷静さを取り繕《つくろ》う仕草に変わっていた。

「島本主任！　大切なお話がありますので、取調室へご同行願いますか？」

敬語である。

上司の命令には逆らえることなど出来ない警察の上下関係を知り得た光一郎は、何も言えなかった。

頷くことしか出来なかった。

光一郎は、遠い昔の学生時代に、一度取調室に通されて不愉快な思い出が頭の中に残されていたのである。

本当は二度と入室したくはなかったのだが、今は職場の一室になっていたので断ることは出来なかった。

　公三郎の後ろから連れ立って取調室へ。

　…………

「早く、ドアを閉めて！」

　学が、小声で正修にドアを閉めるよう命令調で指示した。

「警部！　今回の殺人事件の極秘捜査を担当していただくメンバーが揃いました」

　学のあいさつから会議が進められた。

「まずはじめに、警部から一言お願いいたします」

　神妙な顔つきで、公三郎はパイプ椅子から立ち上がった。

「これから先、皆さんは麓山中央警察署の署員でありながらも、署員じゃない二つの顔を持っていただきます。

　詳しい内容は、福島警部補から説明していただきます」

　正修、貴公そして光一郎は、お互い顔を見合わせた。

「これから話すことは最も重要かつ極秘捜査になり兼ねないことが、内部調査で判明しました。

　そこで、ここに集まってもらった少数メンバーだけで極秘捜査を進めたいと考えます。

それから、刑事部に属していない総務部の島本主任にも特例として加わってもらうことが決まりました。

この極秘捜査については、渡邊署長はじめ三村総務部長には予《あらかじ》め了解をいただいております。

早速、本題の極秘捜査について詳しい話を、村松鑑識官から報告してもらいます」

貴公は、事前に殺人事件に関わる時系列データを書き込んでいた白板を移動させながら、

「きょう朝一番で、島本主任から鑑定していただきたい空き缶やたばこの吸い殻など預かりました。

正直、この忙しい中での懇願に驚きました。

何を考えているのか疑問符を付けざるを得ませんでしたが、雀之宮警部の顔がちらつきましたので、渋々鑑定することにしました」

貴公は、公三郎の顔を窺《うかが》った。

「鑑定を進めていく上で、大変なことが判明いたしました。

実は、川久保新之助被害者をはじめ前科三犯の飯田友徳《いいだとものり》の指紋が、コーヒーを飲んだと思われる空き缶から検出されました。

決して、殺人事件に関わる証拠品収拾を怠《おこた》っていたわけじゃないのですが、島本主任が新たに証拠品を見つけてくれたのです。

従って、島本主任が証拠品を収拾してくれた現場を中心に、再度鑑定を実施いたしました。

ところが、その証拠品の中に意外な人物の指紋も検出されました。本当に意外な人物です」

「勿体ぶらないで、その人物は？」

「はい。この麓山中央警察署内で活躍している人物ですが、指紋検出だけでは被疑者としては弱いかと思われます。

以上が、鑑識課としての見解も含めた報告をまとめました」

貴公は、説明を終えると自席へ。

「ありがとう。村松君の話を聞いて、概《おおむ》ねの事件に纏わる内容が分かってもらえたものと思います。

そこで、これからの対応として、重要人物の飯田友徳容疑者を、今すぐ逮捕せずに泳がせようと思っています。

なぜなら、覚せい剤絡みの大事件でもあることから、覚せい剤の大元となる製造工場と取引現場などを突き止めようと思っているので協力していただきたい。早く言えば、覚せい剤犯罪者を一網打尽《いちもうだじん》にしたいと思っています。笠原君、あれを配って下さい」

正修は、事前に用意した飯田友徳容疑者の顔写真を配った。

「この飯田友徳は、麓山市内に潜伏しているものと思われます。が、麓山市内はもとより市外の繁華街や商店街等の協力のもと、防犯カメラをフル稼働して飯田友徳の日常行動を記録したいと思っています。まだ本人は、大掛かりに警察が動いているとは思っておりません。油断させるのです！」

滑らかに事件解決への手法を立て続けに勢いよく言い立てたのだが、急に、福島の顔が強張《こわば》った。

「みんなに謝らなければならないことが起こってしまいました。まだ、殺人事件との関連も含め物的証拠となる物は検出されておりませんが、現場から指紋が多数検出されました。

それも正直疑いましたが、わが麓山中央警察署内に該当する人物が浮上してしまいました。

すぐにでも、本人を呼びつけ事情聴取を含め取調べをしたいのですが、飯田友徳容疑者との接点があるものと思われる痕跡も見つかりました。

そこで、大変申し訳ないのだが、島本主任は刑事じゃないので、ここは当署内の被疑者名は伏せさせていただきます。

公表してしまうと、たった一人の警察官が起こした不祥事が、大きな世間の話題の題材となり報道の対象となってしまいます。

全警察官が、如何に市民が安心安全な住み良い街づくりを守るため日夜努力していることが一瞬にして失ってしまいます。だから、一番怖いんです。

信頼を回復するには、地道な捜査と時間が解決してくれるものと信じています。努力あるのみ。

ただ言えることとは、犯罪をもみ消すことだけはしてはいけないのです。

我々は、一分でも一秒でも早く信頼回復を目指す必要があると思うので、今から準備に入ります！」

学の捜査方針には、力がこもっていた。

ただ、光一郎は面白くなかった。

自分は好きで麓山中央警察署に着任したのではなく、事務職員として派遣されたただけの身分に不満を抱きはじめた。

それも、自分が発見してきた手掛かりで相撲を取っているのが許されなかった。

警察署内で勤務している容疑者の氏名を教えてくれないことが引っ掛かっていた。

決して教えないのではなく公三郎たちは、光一郎には警察署の事務職員であって、犯罪を捜査する刑事じゃないことから心配を掛けまいとする親心で、危険が伴う事件には深入りさせたくなかったのである。

矛盾した考え方であった。

極秘捜査会議に特別参加している理由は何だろうか？　首を傾げる光一郎。

公三郎たちには、却って裏目となっていた。

光一郎に、火が点いた。


…………


「こんにちは～」

ベビーカーを押した一人の女性が、会計課に近づいてきた。

今日子だ。

「元気～！」

「はい。白鷺先輩も元気でしたか？」

「元気よ。今日は天気が良いから、ここまで来ちゃった。結構、時間がかかるものね」

「先輩！　ベビーカーの中で寝ているの？　渉君《わたる》ですか？　可愛い～！」

ベビーカーに、静香は近づいた。

荒々しい声と会話に驚いた渉は、泣き出した。

泣き声を聞きつけためぐみも、渉のベビーカーに駆け寄ってきた。

「うぁ～、可愛い～！」

「白鷺先輩、ご無沙汰しております。お元気でしたか？」

「ありがとうね。どうにか、子育て頑張っているわ。でも、子育てって大変よ～。赤ちゃんの時は、おむつ交換や夜泣きが大変だったけど、這《は》い這《は》いが出来ると人間の欲望ね。

早く一人歩きを望むんだけれど、歩き出すと目が離せなくなっちゃって大変。

でも、わたしの口から言うのも可笑しいんだけど、この子良い子にしているの。親ばかね（笑）」

「あッ、いらっしゃい。お久しぶり？」

今日子に、形だけの挨拶を為忠が交わした。

「まい。ご無沙汰しております。お元気でしたか？」

「ありがとう。なんとか？」

なぜか、刺々しい対応の挨拶になっていた。

為忠は、自席に戻った。

「ねぇ、いま拾得物担当者は、静香さんそれともめぐみさん？」

「そうじゃないの？　先輩聞いて下さいよ。今度、新しく麓山市役所からハンサムボーイが派遣されてきたんですよ。

名前は、島本光一郎。年は二十三歳。独身。

目下、めぐみが狙っています。なぜなら、今までの職場は、年寄りが相手だったこともありチャンス到来とか何とか（笑）」

隣にいためぐみは、顔を赤らめて否定に入った。

「何よ！　静香は、彼氏がいるもんだからいい加減なこと言って、島本主任がいい迷惑でしょう？」

「ところで、その島本主任どこにいるの？　お顔を拝見したいなぁ。席はどこ？」

「先輩が座っていたところですよ。

ただし、白鷺先輩が復職するまでの一時的な助勤体制になっております。

今、島本主任は、三村部長に呼ばれて総務部へ行っているものと思われます」

「あッ、そう。わたしもご挨拶に行ってこようかな。静香さん、総務部に挨拶に行ってきたいので、ちょっと渉を見ていてくれる?」

「はい。分かりました」

今日子は、渉を静香に頼んで総務部へ。

静香とめぐみは、渉の機嫌を損なわないように抱き上げあやし続けた。

最初はご機嫌も良かった渉が、

「ワ～ン、ワ～ン！　ギャ～！」

俄《にわか》に驚き泣き叫ぶ声が、エントランスホールに響き渡った。

渉は、母親今日子の匂いが感じられなかったことで泣き出したのである。

静香とめぐみは、お互い顔を見合わせ困り果て、どうしていいか分からなかった。

めぐみは、社電を使って総務部へ連絡をはじめた。

「金城ですが、白鷺さんはそちらにいらっしゃいますか?」

「白鷺?　河村だけど、来ていないけど?」

「あッ、そうですか?　課長すみません。白鷺さんが見えたら、会計課に戻ってくるよう伝えていただけますか?」

「分かった。伝えるよ」

「ありがとうございます。失礼いたします」

社電を益夫が取ったことに、めぐみは驚いた。

「どこへ、行ったのかしら？」

待てど暮らせど今日子は戻ってこなかった。

焦った静香は、今日子を探しに会計課を離れた。

一向に、渉は泣き止んでくれなかった。

遠くから、渉の泣き声に気づいた今日子は駆けつけた。

「ごめん、ごめん。どうしたの～？」

「白鷺先輩、どこへ行っていたんですか？

総務部へ連絡したんですけど、河村課長から、まだ来ていないよって言われちゃいました」

白鷺は、渉を抱き上げながら、

「ごめんなさい。懐かしさのあまり警備部とか刑事部に足を運んでしまったの。本当にごめんなさいね。でも、人気者は辛いわねって感じ（笑）」

迷惑を掛けたことに責任を感じている今日子は、渉をベビーカーに乗せ安全ベルトを締めはじめた。

「今日は、ご迷惑をお掛けしちゃってごめんなさいね。また、来るね。ありがとう。さようなら～！」

今日子は、渉を乗せたベビーカーを押してエントランスホールへ。

会計課に戻ってきた光一郎は、後ろ姿の女性を指差して、

「あの素敵な女性は誰ですか？」

「あの方は、島本主任がお座りになっている席の持ち主の白鷺今日子さんです。

本当は島本主任を紹介しようと思い、お待ちしていたのですが、残念でした」

「ありがとう。でも、エレベータの中でお会いしていますが、ご挨拶はしておりません。

今日、刑事部で嫌な思いをさせられた最中、エレベータの行き先ボタンを押すのを忘れていたら、地下一階まで連れて行かれちゃいました（笑）」

光一郎は、笑いながら話を続けた。

「その時、素敵な女性が紙袋を持って乗ってきたんですよ。

地下一階のトイレを利用していたのかな？

また、今度いらっしゃった際にご紹介をして下さい」

20　隠された謎解き

光一郎は、極秘捜査員の一人に選ばれたにもかかわらず、詳しい捜査方針を聞かされなかったのが淋しかった。

すれ違いの今日子と会話が出来なかったことよりも、悔しかった。

どうすれば、極秘捜査員としての役割を果たせるかを考えた。

会計課は、定期的なＪＲ麓山駅やバスなどの公共交通機関の遺失物受付と搬出入がない限り、そんなに忙しい職場ではなかった。

飛び込みの拾得物の受付や預かり期間満了に伴う引き渡し作業が入らない限り、自由時間が出来た。

自由となる時間は、一般常識や法規（憲法・法律・規則またはそれ以外の規定）に関する知識が必要となる警察官並び事務職員の心構えを勉学することにもなっていた。

光一郎にもプライドが宿っていた。

考えに考えてみるのだが、思うようにヒントが浮かんでこなかった。

でも光一郎には、どうしても心の中で引っ掛かる何かがあった。

天を仰いで考えた。

異様な光一郎の光景に、静香は目を丸くして見守ることしか出来なかった。

なぜ、新之助は顔色を変えながら、麓山中央警察署に直接飛び込んできたのが不思議でならなかった。

と言うのも、殺人に巻き込まれる人物が、わざわざ警察署を訪れるだろうか。

絶対に届けられては困る遺失物に重要なヒントが隠されているんじゃないかと思うようになった。

遺失物の中身の中に、覚せい剤絡みの何かが隠れていたからこそ、捕まっても良い覚悟で訪ねてきているのは間違いないのだから、ここに何らかのヒントが隠されていることを確信するのだった。

自分の命までも危険に晒《さら》してまでも守りたい何かが、光一郎は知りたかった。

もう一度、拾得物件預り書（写）を見直した。

穴の開くほど見つめた。

でも、何も浮かんでこなかった。

何せ、極秘捜査の一員として、何らかの形でお役に立ちたかった。

必ずや、この拾得物の中にヒントが潜んでいるのは、絶対に間違いない。

拾得物の中身を一つひとつ、Ａ４判メモ用紙に書き写した。

［①　鶏の挽肉　②　スルメ烏賊　③　いちご大福　④　ティッシュペーパー
⑤　ボトルガム　⑥　ＣＤ　⑦　クロスペンダント　⑧　脱酸素剤］
など八点が、トミタ百貨店の手提げ紙袋の中に入っていた。

取り立てて言うほどの物も入っていないのに、どうして警察署に取りにくる必要があるのか、首を傾げたくなる物ばかり。

考えた。

この品物と殺人の因果関係を考えた。

わからない。

どうしても、謎が解けない。

時間は過ぎていく。

一日でも早く事件解決しない限り、一般市民からの安心安全な街づくりの方針が崩壊すると思われてしまうことが許せなかった。

どんなことしてでも警察官の立場から、市民への信頼を損ねることなく、安心安全な街づくりを守らなくてはいけない使命感が脳裏に刻み込まれていたのだ。

光一郎は、正修たちの足を引っ張りたくなかった。

…………

光一郎は、初めて会った時の新之助の怯えた表情、大粒の汗、そして震える手などを思い返すと、どうしても今回の殺人事件との因果関係から切り離せない自分がいた。もし、自分が覚せい剤を取引するとなったなら、より安全かつ欠点を残さない方法で取引が出来るはず。

……考えた。

光一郎の謎の行動に静香は、何も声を掛けられなかった。

天を仰いだ光一郎に、一筋の光が差し込んできた。

絶対に、トミタ百貨店の手提げ紙袋に重要なヒントが隠されているはず。

メモ用紙に書き込んだ八点を、一つひとつ見直した。

文章を書き起こす時に、小学校時代で学んだ5W1H（いつ、どこで、だれが、何を、なぜ、どのように行ったか）を活用することを思いついたのだった。

自分が記憶している内容を書き出した。

［① 鶏の挽肉↓消費期限25・04・1？ 製造年月日25・04・1？
製造者・麓山南スーパーマーケット連絡先？？？

②スルメ烏賊↓賞味期限25・11・??　内容量1??g　販売者???
③いちご大福↓消費期限25・04・??　製造年月日25・04・??
製造者???　連絡先???
④ティッシュペーパー↓トミタ百貨店のロゴマーク　別刷ペーパーに食品売場営業時間9：00〜19：00　本店営業時間9：30〜18：00
⑤ボトルガム↓超激辛粒ガム　賞味期限26・??・??　用途注意　小さいお子さんの手の届かないところに置いて下さい
⑥CD↓グループサウンズ　タイガース楽曲　音楽配信???
⑦クロスペンダント↓縁日などで販売されている安物　二重巻きチェーン　メッキ加工
⑧脱酸素剤　緑色ビニール加工袋　食料品保護　注意書にたべられません」
人間の記憶力ほど当てにならなかった。

なぜなら、光一郎もその一人。

期待や見込みが外れることが多かった。

正直、自分が興味を抱いているものは明確に覚えているのだが、予兆や伏線なしにいきなり起こる出来事ほど覚えていないものである。

曖昧《あいまい》な記憶を辿りながらメモ用紙に書き込んでいた光一郎は、キョロキョロしだした。

静香を見つけて、頭を下げながら手招きするのだった。

「すみません。ぼくが、川久保新之助と初対面したときに気づいた事柄を書き留めていたのですが、ちょっと見ていただけませんか？」

「ごめんなさい。着任早々の島本主任の初仕事だったことから、後ろから温かく見守ることで、何か途中で困った時に助言することを心掛けていたことを、今後悔しているんです。

もうちょっと一緒になって仕事をすれば良かったのかしら？

正直、拾得物の中身は見ていないの？　几帳面な島本主任が、事細かく物件内容を記帳していたので、何も言うことはなかったです。完璧でした」

「ありがとうございます。でも、謝ることはありませんよ。ぼくが独り突っ走っていたことが裏目に出ただけのことですから。

また、拾得物の中身が合っていただけで川久保新之助に手渡すところで、静香さんから身分証明書の提示を請求していただいたことが勉強になりました。

ただ残念だったのは、偽装運転免許証だったことですかね」

一もし事件と関わりがあるとするならば、鶏の挽肉の製造年月日から消費期限は2日間だったと思います。いちご大福も消費期限は10日間だったと思います。

いずれも、生ものですから消費期限が短いはずです。

また、ボトルガムは眠気覚ましを中心とした若者に大人気の商品の一つです。

唯一、鶏の挽肉などの食料品を購入した店舗が麓山南スーパーマーケットであることから、店の防犯カメラを解析してもらえば簡単に分かるはずですよね？

もしかして、川久保新之助本人が購入していれば思いがけない幸運で、行動時間が分かるんじゃないですか？」

「はい。しかし、どうやって防犯カメラの録画映像を見せていただくのですか？」

「彼に頼んでみます。島本主任からお願いされたと言えば協力してくれますよ？きっと！」

「彼って、誰ですか？　ぼくが知っている方ですか？」

「はい。良く知っていますよ。今は、名前は伏せておきます（笑）」

…………

「島本主任、麓山南スーパーマーケットの防犯カメラの解析結果が出ましたよ」

静香が飛び込んできた。

「島本主任の睨《にら》んだ通り、川久保新之助本人が午後2時48分麓山南スーパーマーケットを訪れていました。

何の迷いもなく、鶏の挽肉・スルメ烏賊・いちご大福・ボトルガムの他に外国たばこ一個購入しています。持ち込みのトミタ百貨店の手提げ紙袋の中に無造作に入れているのが確認されましたよ」

「ありがとうございます。静香さんの報告から、鶏の挽肉の消費期限は逆算すると25・04・15ですよね？　と言うことは、ぼくの中では、日付が引っかかっているんです。

まだ、答えは見つかっていません。が、今回の殺人事件を大きく左右するヒントが隠されているのが、見えたような錯覚に陥っております」

「どんなことですか？」

「まだ、分かりません。これから、謎のヒントを紐解いていきます。謎が解け次第、静香さんにいの一番で報告いたします。と言うか、彼氏に伝えたいですね（笑）。

本当に殺人事件のヒントになるか否かは定かではありませんが、間違いなくぼくの中では答えを見つけなくてはいけない使命感があるのです。刑事でもないぼくが、極秘捜査の一員として犯人との心理作戦の一騎打ちだと考えています。

犯人から警察官でない職員のぼくへの挑戦状だと思っています。

ぼくを試しているんですね」

「何でそこまで、自分を追い込むんですか？」

「分かりません。ただ、この事件を解決してほしいと川久保新之助の心の声が聞こえてくるんですよ。可笑しいでしょう」

光一郎は、静香から得た情報をメモ用紙に書き加えていった。

会計課に血相を変えた新之助が訪れたときの行動に注目した。

大粒の汗と手の震えの異常さ。

大したものも入っていない紙袋を取りにきたこと。

普通は廃棄処分されても可笑しくない品物。

置き忘れじゃなく、ベンチの下に置いていた。

何かを伝えたいメッセージであること。

身分を偽った運転免許証を所持していたこと。

もし、身分を嗅ぎつけられたときに、警察官を惑わす手段である時間稼ぎ。

品物を一つひとつ並べたときに、焦りと目が泳いでいたこと。

品物を受け取った後の、逃げるように慌てて立ち去ったこと。

以上を思い出しながら光一郎は、仕事そっちのけで謎解きがはじまった。

………

何を思ったのか光一郎は、メモ用紙を各項目ごとに切り離し出した。

デスクの前に並べてみた。

短冊になったメモ用紙を並び替えてみる。

一向にピンと来る兆しが見えてこない。

ちょっと待てよ。

短冊を穴の開くほど睨みつけていたら、急に頭の中に閃光が走った。

「あッ、そうだ」

短冊をこっちに持ってきて、これはそこへ移しての交互作業。

急に、光一郎の手の動きが早くなっていた。

隣に陣取っていた静香も、目を点にして見守った。

「もし、間違っていなかったなら、大変なことを見つけちゃいました」

「何が分かったの?」

「面白いことが判明いたしました。静香さんの彼氏には大変お世話になったので、約束通り逸早く知らせたいと思います。呼んでいただけませんか?」

「よろしいんですか？」
「はい。お願いいたします」
静香は、光一郎の要求に驚きながらも社電のボタン押して、彼氏を呼び出した。
光一郎は、静香の彼氏が来る前に短冊を並べはじめた。
一番目に、いちご大福に関する短冊。
二番目に、クロスペンダントに関する短冊。
三番目に、トミタ百貨店のティッシュペーパーに関する短冊。
四番目に、ＣＤに関する短冊。
五番目に、ボトルガムに関する短冊。
六番目に、鶏の挽肉に関する短冊。
七番目に、脱酸素剤に関する短冊を、一番目から順序良く並べた。
そこに、正修が駆けつけてきた。
光一郎は、正修の顔を見て、静香を見た。
「あッ、そうでしたか？　二人はお付き合いをされていたんですか？
だから、ぼくの歓迎会にも参加してくれたんですね。やっと、分かりました」
「ところで、島本主任！　何が分かったのですか？　鎌倉さんが、早く来ての催促だったのでやって来ました」

光一郎は、正修が静香を苗字で呼んでいるということは、まだお付き合いをして日が浅いことを悟った。

「それじゃ、はじめましょうか？

今回の殺人事件は、覚せい剤絡みであることが分かりました。ここに並べられています短冊を良く見て下さい」

「………？」

「この短冊は、川久保新之助が落としたと言い張った紙袋の中身を書き写したものです。

これは、すでに笠原さんにも拾得物件預り書（写）を手渡してありますので、後ほど見直して下さい。

この中身を分析すると、覚せい剤の取引に関するメッセージが隠されていたんです」

「えッ、どういうことですか？」

正修は、首を傾げることしか出来なかった。

「では、説明する前に、答えを言いましょう。

【明日、4月15日土曜日12時、トミタ百貨店屋上にて覚せい剤を取引するので如何でしょう】という内容で判読することが出来ました。

ただし、この法則に間違いが発生したとすれば、また多くの警察官を振り回してしまうことも考えなくてはいけません。

それが、今のぼくのトラウマの一つになっているんです。

トラウマから逃れたいのです。そうならないように、極秘捜査の議題の一つに取り上げていただけないでしょうか？

時間がないんです！　是非、ご検討いただけますよう、至急、会議を開いていただけませんか？　笠原さんから雀之宮警部へ打診して下さい」

…………

正直、光一郎の行動には目に余るものを公三郎は感じていた。

まだ、着任二週間も満たない光一郎は、警察のいろはを知らない無謀な考え方ではあるが、的を射たため少し戸惑っていた。

しかも、刑事部でも考えつかないような視点から、事件解決への糸口を見つけてくれる頼もしさも少し感じていたのだった。

「ただいまから、川久保新之助がトミタ百貨店の紙袋を用いての覚せい剤取引への招待状であることを解析に成功いたしました。

なぜ、このような方法で取引をしなくてはいけなかったのか?

それは、警察に対する挑戦状だと考えます。

取引に関する内容をメモ用紙に書き残した場合、今回のように紛失した時に、一番困るのは犯人じゃないでしょうか?

特に、警察などへ届けられるのが怖かったからで、覚せい剤の取引に関する隠語を思いついたものと考えられます」

光一郎は、白板を器用に使用しながら話を続けた。

「この事件の謎解きは、初歩的な5w1Hに基づいて考えました。

まずはじめに、取引に関する日付は、いちご大福四個入と鶏の挽肉の消費期限から、4月15日を割り出しました。

時間は、二重巻きのクロスペンダントと鶏の挽肉の消費期限から12時を導き出しました。

取引場所は、トミタ百貨店の手提げ紙袋とティッシュペーパーから。

また、グループサウンズCDから屋上じゃないかと思われます。

それは、グループのルーフから屋上を導き出してみました。

ボトルガムは、超激辛粒ガムで覚せい剤に似た症状が見受けられることから。
取引に関する情報は、鶏の挽肉が重要な役割を果たしていたものと考えます。
最後に、スルメ烏賊は、どうでしょうか？
の問いかけだと思います。
ただ、一番気になっている脱酸素剤が、何に使われているのか解答が見つかってい
ません。以上が、わたくしが導き出した答えです」

21　屋上での囲み捜査

「今は、藁《わら》をも掴む難事件。今回の事件に関わる証拠品が数少なく空回り状態。どうだろうか？　島本主任が謎解きで解明してもらった情報をもとに、トミタ百貨店屋上に捜査員を動員したいが、福島警部補はどう思いますか？」

公三郎は、学に答えを求めた。

「はい。……時間がない中での、捜査員の総動員はどうかと思いますが、一か八か極秘捜査員だけで臨んでみては如何でしょうか？

万が一、空振りに終わったとしても最小限の人数での捜査ですので、問題がないかと思います。

あくまで、極秘捜査の最高責任者は雀之宮警部ですので、内々で捜査活動が出来ます。誰にも迷惑は掛けておりません」

「ありがとう。福島警部補の心強い助言で決心が付きました。

昔、島本主任には大変ご迷惑をおかけしております。ここで、わたしとしても名誉挽回を図りたいと思いますので、みなさんご協力下さい」

予想外の公三郎の発言に、光一郎は恐縮していた。

「それでは、早速、明日の捜査網を説明いたします。

まず最初は、捜査員の面《かお》が割れていると思われますので、変装をして侵入したいと思います。

そこで、ビルの清掃員、造園業者、遊戯施設の保安員、カップルなどに変装していただきますので、トミタ百貨店北口の従業員専用出入口前に午前8時30分までに集合して下さい」

学は、犯人を取り囲む捜査網を中心に、捜査員の配置を細かく指示していった。

光一郎は、カップル役を言い渡された。

嬉しかった。

やっと、極秘捜査員の一人として認知してもらえたことに感激していた。

「最後に、この捜査をするに当たって、注意してもらいたいことが一つだけあります。飯田友徳が来る可能性が大かと思います。すぐに逮捕しないで下さい。

目的は、覚せい剤の取引現場を押さえることです。わたしたちは、現行犯逮捕を目指しています。

また、取引現場に知り合いの人が現れても声を掛けないで下さい。みなさんは、変装しておりますから分かってないはずです。

みなさんが、常に身につけている携帯無線機に情報を一斉に流す予定です。

以上、解散！」

取調室のテーブルとパイプ椅子が床とぶつかる音が響いた。

…………

トミタ百貨店の屋上は、自然豊かな樹木をはじめ四季折々の花畑などが植生されていた。

市民の間から〝天空の森〟と呼ばれ、家族連れや若者たちから憩いの広場として親しまれていた。

天空の森の中心部に、子ども向け遊園地が出来上がっていた。

遊園地から快適なアニメソングが流れているのだが、子どもたちの歓声でかき消される熱気を感じられる賑やかな場所になっていた。

光一郎は、この遊園地に足を運んだのは二十年ぶりだった。

それも、幹夫に肩車されて楽しんでいた頃が蘇ってきていた。

幹夫が亡くなってからは、一度も足を運ぶことはなかった。

一番高い木の剪定作業をしているように装い、クレーン機に乗り込んでビデオカメラを設置する傍ら貴公は、敵の目を欺く手段として木の幹もとに切り落とした小枝を散乱させていた。

造園業の服装は、本物業者から借用していた。

カップルを装う光一郎とくららは、腕を組み遊園地のベンチに腰掛けた。

光一郎は、恋美をくららに重ねていた。

偽装であっても、嬉しかった。

遊園地の清掃員を装う学と正修は、ビルメンテナンス会社から借用した服装で塵《ちり》取りと箒《ほうき》を持って巡回して待ち構えていた。

また、次郎たち若い警察官は、遊園地従業員通用口扉の内側で待機していた。

「ただいま、12時をお知らせいたします！」

「キンコ～ン、カンコ～ン、キ～ン！」

館内に一斉放送が流された。

「今、飯田友徳らしき人物が、メリーゴーランド前を横切りました」

緊迫の一瞬である。

「こちらも、確認した！　あくまでも、覚せい剤取引の現場を押さえるんだ！

焦るな！　冷静に！」

学の号令が、警察無線機から流れた。

「ただいま、飯田友徳がベビーカーを押している女性と接近！」

「女性から紙袋を、飯田友徳が受け取りました」

「まだ、捕まえるな！　その女性は、覚せい剤の出し子だ。村松君、取引現場の撮影は大丈夫か？」

「はい。しっかり撮れています！」

「そのまま、カメラを回してくれ！」

「……はい」

「これから、本格的な覚せい剤取引が行われるはずだ！　飯田友徳から目を離すな！」

「島本主任が腰掛けている隣のベンチの、白髪で眼鏡を掛けた老紳士に近づいていま す」

「まだだ！　全署員に告ぐ！

飯田友徳が、覚せい剤を老紳士に手渡すタイミングで、一斉に逮捕に向かってくれ！　以上だ」

友徳が、ベンチに腰かけている老紳士に話しかけ、紙袋を手渡す代わりに小切手を受け取った。

「行～け～、確保だ～！」

学の声が、遊園地内に響き渡った。

友徳と老紳士を取り囲んだ。

「な、何なんだ！　これは？」

「はい。12時22分覚せい剤取締法違反で逮捕します！」

「な、何が覚せい剤だ！　これは、食料品保存用の脱酸素剤だ！　良く見てみろ！」

「はい、はい。詳しいことは、麓山中央警察署で聞きましょう」

冷静沈着な学だった。

目の前での逮捕劇を光一郎は、見た。

遊園地を訪れていた市民が、学たちの周りに群がっていた。

その場で、友徳と老紳士に手錠が掛けられた。

学が、貴公に向かって、

「村松君、覚せい剤取引現場は撮れているね？」

「はい。しっかり撮りました！」

光一郎は、自分が解いたメッセージが間違っていなかったことに、胸を撫で下ろすのだった。

隣にいたくららが、ベビーカーを押していた女性のところへ。

女性は、床に膝をついて泣いていた。

小さい男の子も、ベビーカーの中で泣いていた。

どこかで見たことのある女性の顔だった。

もしかして、会計課で育児休業中の今日子では、ないだろうか。

光一郎は、はじめて署内に覚せい剤取引に加担していた人物が、身近にいたことが不思議でならなかった。

だから、事が大きくなることを恐れて名前を伏せていたことも、やっと理解した。

光一郎に、脱酸素剤の中身が中国製・純度99％の覚せい剤が検出されたことも、貴公から報告を受けた。

脱酸素剤が、重要な役目を担っていたことをはじめて知った。

だから、食料品の中に紛れ込ませていた脱酸素剤（覚せい剤）は、食料品の保存剤でなく巧妙に作り上げた覚せい剤を包み込むビニール袋だった。

光一郎は、脱酸素剤を見抜くことが出来なかったのが、悔しかった。

でも、自分の謎解きで事件が解決したことが、なんと言っても嬉しかった。

しかし、友徳と白髪の老紳士は、頑《かたく》なに覚せい剤の製造場所や保管場所などを黙秘していて困っていることを正修から、光一郎の耳に届いていた。

これからの取調べは、持久戦になることも正修は心得ていたのだった。

可哀そうなのは、渉を抱えた今日子だった。

同情してはいけないことは分かっているのだが、なぜ悪業に手を染めなくてはいけなかったか知りたかった。

のちに分かったことだが、令和二年からコロナウイルスという未知なる感染症（パンデミック）に振り回されて大混乱。

世界各国に跨《また》がる変異コロナウイルス感染者も六億人にまで到達していた。

恐怖のどん底へ突き落とされた。

もがき苦しんでいた時代に、次から次へと会社倒産や事業規模縮小などで、今日子の家庭も煽《あお》りを食らっていたのだ。

夫は、テレワークによる在宅勤務や不要不急の外出自粛などの緊急事態宣言発令に伴い、三密（密閉・密集・密接）にならないように、国から発令されていた。

身動きが取れない今日子たちは、大きく人生が狂いはじめていた。

特に、東京オリンピック・パラリンピック大会が一年遅れの令和三年に無観客で開催されたが、他の全てのイベント事業・行事が中止や規模縮小・延期等々で、わが国の経済界や政財界が大混乱。

不規則な生活の中で、白鷺万三夫《しらさぎまさお》たちに待望の渉が誕生した。

嬉しかった。

そんな最中、真面目に勤めていた勤務先から、万三夫へ解雇通告が言い渡された。

万三夫に可否があるわけではなかったが、会社経営が持ち応えられないという理由だけで、無情にも解雇になってしまったのだ。

その点、公務員は、不況に関係なく職を失うことなどなかった。

不公平な一般企業と公務員の違いが、ここに対照的に描かれていた。

ただ、今日子たちの日常生活に異変が起きた。

育児休業給付金は満額支給されることはなかった。

収入が激変。

苦しかった。

困った感じや雰囲気をそこはかとなく顔に出していた今日子を、待ち構えているハイエナがいた。

それが、新之助だった。

新之助と今日子の接点は、ママ友の能見薫子《のうみかおるこ》からの誘いだった。

最初は、渉の公園デビューが切っ掛けで知り合った。

今日子は、家庭内の愚痴や夫への不満など感情むき出しの捌《は》け口として、薫子に聞いてもらうことが、待ち遠しかった。

薫子は、煩《わずら》わしい話を聞いてあげていた。

鬱陶《うっとう》しい今日子に、薫子は儲け話の話を持ち掛けた。

当然、生活に困窮《こんきゅう》していた今日子は、一発で食いついてきた。

薫子は、獲物を見る鷹《たか》の目で今日子を見つめた。

正直、自分より優れた今日子を妬《ねた》み嫉《そね》むことが引き金になっていた。

言葉巧みに、今日子を新之助に引き合わせた。

新之助から、

「小さい段ボール箱一個預かってくれませんか？

あなたのロッカーとか地下倉庫に置いてくれるだけで良いんですよ。

毎月30万円で如何ですか？

悪くないお話でしょう」

仕事内容と奨励金を提示された。

「段ボール箱を預かるのは良いのですが、中身は何ですか？」

「中身？　中身は、脱酸素剤と言って、食料品の保存剤ですよ」

「それだったら、食料品取扱いの問屋さんなどで預かっていただいたらどうですか？」

「あなたが勤めている警察署が良いんですよ」

「警察署？　なぜ？」

「これ以上、詮索しないで下さい」

「どうして？」

「どうしてって、あなたに高額の金額を支払うんですよ。

あなたは、安定した生活を送れるんです。

何も、悪いことを手伝ってくれと言っているわけじゃないんですよ。ただ、小さい段ボール箱一個預かって下さいと言っているだけです」

これには、裏があると睨《にら》んだ今日子は頑なに断った。

新之助から恫喝ともとれる荒々しい言葉が返ってきた。

「仕事の内容を聞いた以上、後戻りはできませんよ！

今、あなたはお金が欲しいんでしょう？

もしも、この仕事を断ったとき万三夫さんや渉坊ちゃんに、何が起きるかわたしは保証しませんよ！」

恐喝だ。

怖かった。

逃げ出したかった。

隣にいた薫子が、笑みを浮かべて話に加わってきた。

「奥さん、一緒に頑張りましょう。何か困ったことが発生した場合は、わたし何でも相談に乗るわよ。安心して！」

最初に出会ったころの薫子は、猫撫で声で優しく接していたのだが、獣の豹に変身していたのだ。

逃げ場を失い掛けた今日子は、泣き出した。

助けを求めたくても、近くには誰もいない。

今日子の頭の中では、この場から早く逃げたい一心で、

「……考えさせて下さい」

涙は止まらない。

「良い返事待っていますよ。白鷺の奥さん！」

新之助は、今日子の身元調査は済ませていた。

だから、今日子の家庭事情を手に取るように分かっていたのである。

…………

新之助からの小さい段ボール箱は、麓山中央警察署内の遺失物保管倉庫の一角に置いていた。

今日子の業務範囲の倉庫だけに、盲点になっていた。

署員には分からないように、段ボール箱に取扱注意のシールと廃棄処分年月日をその都度記入していたので、誰も気づく者はいなかった。

盲点を突いた管理方法だった。

今日子が考えたのだ。

22　取調室

　頑なに取調べに応じない友徳は、黙秘を貫いていた。

「おまえ、何回警察のお世話になればいいんだ！」

「…………」

「鑑識課で正式に脱酸素剤の中身から、中国製・純度99％の覚せい剤が検出されたんだよ。何とか言えよ！」

　密閉されているはずの取調室から、学の声が微かに漏れていた。

「…………」

「それから、おまえが川久保新之助を殺害したんだな！

　覚せい剤取引が、ひょんなことで警察の拾得物に届けられたことが切っ掛けで焦ったおまえが、撲殺したんだよな！」

「…………」

「おまえは、今度という今度は、殺人事件も起こしたうえ、今回も覚せい剤がらみの犯罪が立証されたんだよ。

もう二度とこちらの世界には出てこれなくなる終身刑が待っているんだよ！　それとも、もっと重い罪状かな？」

「………」

「いつまで黙っているんだ！

早く白状さえすれば、美味しい食事が待っているぞ～！　食べたいだろ～。逮捕から随分時間も経っているし、お腹が空いてくる頃だからな～！

本当は、わたしもお腹が空いているのよ」

取調べの立会人として、傍にいた次郎に向かって、

「長谷川君、もり蕎麦《そば》二人前お願い出来ないか？」

「はい」

次郎は、取調室を後に。

「おまえ、顔色悪いな？　大丈夫か？　それより、早く罪を認めて楽になっちゃえよ！　黙っているのも辛いぞ～」

「………」

「よし分かった！　おまえがその気なら、こっちも持久戦で行こうじゃないか？」

取調室のドアをノックした次郎が、もり蕎麦を運んできた。

運んできたもり蕎麦を学は、友徳の前で美味しそうに食べはじめた。

それも、蕎麦を啜《すす》る音を聞かせるように、わざと大げさに音を立てて食べた。

友徳は、わずかな音に驚いたりもせず、目を閉じたまま身動き一つしなかった。

…………

「うう〜ん」

突然、友徳が胸を押さえ苦しみ出した。

「何だ、おまえ。仮病なんか使って、おれたちを騙そうとしたって無駄だからな〜！」

学が声を掛けても、友徳は苦しみ続けていた。

「おまえ、千両役者になれるぞ！」

それでも、苦しみ続けていた。

はじめて、友徳の苦しみが尋常《じんじょう》じゃないことに気づいた学は、叫んだ。

「長谷川君！　麓山中央警察病院へ連絡してくれ〜！」

学は、友徳の介護に回った。

「大丈夫か？　しっかりしろ！」

友徳は、パイプ椅子から転げ落ち、痙攣《けいれん》をしながら床面に血の混じった茶色い嘔吐《おうと》物を出しながら苦しみ倒れ込んだ。

「おッ、お〜い。だれか〜、飯田が倒れた〜！　早く救急車を呼んでくれ〜！」

学たちは、友徳を見守るしか出来なかった。

………

友徳は心筋梗塞《しんきんこうそく》で、麓山中央警察病院で息を引き取ったことを知らされた。

覚せい剤使用者の殆どの死因は、脳梗塞や心筋症などが多かった。

友徳は、被疑者死亡により書類送検で片付けられようとしていたが、納得できない学は、もう一人の白髪の老紳士に的を絞り込んだ。

老紳士の名前は、御手洗《みたらい》剛《つよし》。

小さな会社の経営者ではあるが、コロナウイルスの影響で取引先の倒産や規模縮小で会社経営が苦しかった。

「わたしは、従業員をはじめ家族を守る使命感があります。悪いこととは知っていました。が、背に腹は代えられなかったので、つい手を出してしまいました」

剛もまた、社会の犠牲者になっていた。

「おまえは、だれから誘われたんだ！」

「はい。きれいな若奥様風の女性と川久保新之助さんからお願いされました。最初は断ったのですが、わたしの弱みに付け込んで離れようとはしませんでした。意思の弱いわたしは、根負けしました。

刑事さん、申し訳ございませんでした」

剛は、テーブルに顔を押し付けて泣き出した。

「ところで、若い女性の名前を聞いているんだろう？」

「……はい。え〜と、ふ、ふ、冬木千鶴《ふゆきちづる》って言っていました」

「冬木千鶴？　笠原君、冬木千鶴の身元を調べてきて下さい」

「はい。了解しました」

正修は、自席に戻った。

「ところで、この覚せい剤は、どのようにして捌くのかな？」

「はい。インターネットを通じて個人登録者を中心に販売しております」

「取扱金額は、いくら？」

「大体、１５０万円位あったかと思います？」

「一ヶ月？」

「はい。時には、倍の３００万円を超える月もありました」

「ところで、個人の売買リストを早く提出して下さい。良いですね！　これ以上、覚せい剤の犠牲者を出さないためにも、あなたの全面協力が必要になってきます。

即ち、あなたが協力する代わりに刑の軽減を申請することも約束しますよ」

「ありがとうございます。わたしが、関わってきた覚せい剤の取引に関する密売方法は以上です。本当に申し訳ございませんでした」

正直、覚せい剤絡みの仕事から手が離れられることで、胸を撫で下ろす剛がいた。

取調室のドアを開けて、正修が入ってきた。

「福島警部補！　冬木千鶴なる女性は、身元調査台帳からも見つかりませんでした。偽名を使った可能性があります。如何いたしましょうか？」

「何～。冬木千鶴がいないのか？　どういうことだ？」

「はい。確かに、冬木千鶴って名乗っていました。嘘はついておりません」

素直に自供している剛に向かって、学が言い放った。

「大丈夫だ！　いずれ、冬木千鶴と名乗る女性も、必ず身柄を拘束することになるだろう。心配することはありません」

突然、取調室に次郎が入室してきた。

「福島警部補、雀之宮警部からの伝言です。

今、白鷺今日子容疑者を取り調べて分かったことをご報告いたします。

白鷺今日子容疑者を誘惑して来た人物は、死亡した川久保新之助と能見薫子の二人だそうです。

また、覚せい剤の隠し場所は、この警察署の地下一階の遺失物保管倉庫の中で、防犯カメラの死角になっている柱の裏に隠していたそうです。

刑事部の署員が、現場に向かって覚せい剤と見られる脱酸素剤の段ボール箱一個を発見し、先ほど回収したとの連絡が入ってきました。以上、報告終わります！」

「ありがとう。雀之宮警部は、自ら白鷺今日子容疑者を取り調べているけど、辛いだろうな～！

同じ職場で同じ釜の飯を食い、同じ汗水流した仲間を取り調べるほど残酷な仕事はないよ。

自分を苦しめているような惨《むご》い非情な取調べになっているはずだ。辛いよなあ！」

心配する学。

「何て馬鹿なことに手を染めちゃったのかな？　まだ、生まれて二歳にも満たない子どもを抱えて、これからどうなっちゃうか分からないのに？

同情している女子職員や署員がいるようだけど、犯罪を許すほど寛大な職場じゃないことは分かってほしい。

一般市民の見本というかお手本にならなくてはいけないない模範者である警察官が、罪を犯したことで信用が著しく失墜してしまいました。

信頼を取り戻すまでに時間が掛かることが予測されます。これからは、みんな力合わせて頑張ろうよ！」

取調室に立ち会っている正修たちに檄《げき》を飛ばした。

学の力強い言葉に圧倒された剛は、後悔の念に駆られていた。

…………

可愛い部下を誘惑したもう一人の影の女性を、まだ逮捕していないのが、公三郎には悔しかった。

許せなかった。

公三郎は、考えた。

雑踏の中での覚せい剤取引には、必ず、影の女性も映っているはず。

長年の刑事の経験値から、鑑識課の貴公に覚せい剤取引現場で一部始終撮影していたビデオカセットテープを持参するよう社電でお願いした。

また、公三郎は、学を通してトミタ百貨店の防犯カメラテープも借りてくるよう頼み込んだ。

……………

公三郎の取調室に、たくさんのカメラテープが届けられた。

一本一本慎重に、ビデオカセットテープデッキに貴公が差し込んでいった。

公三郎の隣で、今日子容疑者も一緒になってカメラテープの中に写り込んでいると思われる映像を見ていた。

一本、二本、三本と立て続けに映像を流した。

真剣に映像にくぎ付けになっていると、目が可笑しくなるというか全ての人が同じに見えてきていた。

ただ一人、今日子容疑者だけは真剣な眼差しで見つめていた。

七本目の映像が気になったのか、今日子容疑者がか細い声で、

「すみません。ここのところ拡大出来ませんか？」

貴公は、巻き戻しを繰り返しながらズームアップを試みた。

「メリーゴーランド横に立っている、この女性です！」

「笠原君、この女性をもっと大きく拡大してくれないか？」

　隣に陣取っていた学が、

「あッ、この女性！　中町でスナック『港町・よこはま』を経営している君子《きみこ》ママじゃないか？」

「似ていますね？」

「笠原君、もうちょっと大きくならないか？」

「はい。やってみます。……これが、最大のアップ画像です」

「間違いない！　スナック『港町・よこはま』のママだ！　白鷺、この女性に間違いないな！」

　圧ある言葉に怯えた今日子は、小さい声で、

「はい。間違いありません」

「雀之宮警部！　君子を重要参考人として、本署へ連行しましょう。もし、拒否された場合のことも考えて、裁判所に逮捕状請求を申請していただけませんか？

　川久保新之助と飯田友徳の両名が死亡している今、証拠隠滅を図る可能性が十分に考えられます。早急に、身柄確保したいと思います。お願いいたします！」

　学は、公三郎に懇願した。

「長谷川君！　麓山中央保健所に連絡して、スナック『港町・よこはま』で飲食業を営む場合は、食品衛生法なる許可証が麓山市から発行されているはずだ。

当然、君子は源氏名《げんじ》じゃないかと思われる。源氏名では届け出は出来ないはずだから、本名で届けられている。至急、調べて下さい。

本名が分かり次第、裁判所の逮捕状請求などに必要になってきますから、急いで下さい！」

「了解しました！」

次郎は、取調室を後にした。

学は、今日子以外にも剛からの証言も必要になってくることから、映像に写っている千鶴であることを再確認させたのだった。

「今のところ、この女性は二つの顔を持って、悪業に精出していることが裏付けされました」

学が、自信をもって公三郎に報告した。

隣にいた剛は、自分が招いた罪を心から反省するのだった。

23　スナック『港町・よこはま』

まだ、店は営業していなかった。

ドアノブに〝ただ今、支度中！〟の木札がぶら下がっていた。

学たちは、裏木戸へ回った。

「今晩は！　石上雪絵《いしがみゆきえ》さん、いらっしゃいませんか？」

「…………」

店の中から、食器などの壊れる音が微かに聞こえてきた。

学は、食器の割れる音を聞いた途端、全署員に突入の指示を出した。

ドアをこじ開けて、なだれ込んだ。

「はい！　そのまま。動かないで！」

雪絵は、呆然とした表情で学たちを見つめていた。

「石上雪絵だな！　覚せい剤取締法違反で、裁判所から家宅捜索令状が出ています。ただ今から、家宅捜索を開始いたします。17時33分家宅捜索開始！」

学の甲高い声が、店の中に響き渡った。

「あなたは、本当に悪いお方ですね。名前を二つ、三つも持ちながら、人を不幸へと導く令和の天才詐欺師ですね！　それも、うちの署員までも騙して家庭を崩壊させておきながら、あなたは悠々自適な生活を満喫していた。凄いなあ～、あなたは！

だからこそ、よくこんな豊かな生活が送れていましたものね。

これからは、刑務所と言う屋形で罪を償ってもらう生活が待っています。

あなたの美しい顔には無数の棘《とげ》があることを、あなたの仮面から学ぶことが出来ましたわ。わたし自身、これから気をつけようと思っています！

今日から、あなたには覚せい剤取締法違反等に関する真相究明に関する厳しい取調べが待っています。

一日でも早く、将来のためにも量刑を軽くするためにも、自供することをお勧めします。早く、連れて行きなさい！」

どこで聞きつけてきたのか、民友新聞社記者の広行が待ち構えていた。

連れ出される雪絵に向かって、

「あなたが、川久保新之助さんを殺害したのですか？

仲間割れですか？　覚せい剤取引は、あなたの指示で行ったのですか？

答えて下さい！　石上雪絵さん！」

「……………」

「石上雪絵さん！　ひと言《こと》だけでいいんです。答えていただけませんか？」

必要に食い下がる広行を無視して、雪絵はパトカーの中へ。

学は広行たちに向かって、

「詳細は、雀之宮警部から記者会見があると思います。今しばらく、お待ち下さい」

雪絵を乗せたパトカーは、けたたましいサイレンを残して立ち去った。

鑑識課の貴公たちは、店の中に残って覚せい剤等の痕跡を調査するのだった。

厨房奥の仮眠室が散らかっていた。

学の声に驚いた雪絵が、慌てて証拠品を破棄していた痕跡も見つかった。

最も驚いたのは、覚せい剤を脱酸素剤ビニール袋に小分けするプレス加工機械も発見された。

また、無造作にバランススケール天秤器と分銅セットも投げ捨てられていた。

隣には、計量スプーンも発見された。

こんな小さい仮眠室で、密造に手を染めていたことに感心する貴公。

貴公たちは、店の隅々まで残らずあちこちを覚せい剤に関する代物《しろもの》を探しはじめた。

肝心な覚せい剤を隠している場所が見つからない。

焦った。

時間だけが過ぎて行った。

シンク下の調味料収納棚に、きちんと並べられていた醤油、味噌、食用油などの隣に甕《かめ》が添えられていた。

四季の野菜を糠《ぬか》漬けで味付けし、お客にお通しとして出す甕《かめ》だった。

わずかの変化でも敏感に反応する糠漬けは、素手でかき回すことはご法度になっていた。

糠をかき回すことの出来るのは、雪絵だけである。

糠は生きている。

貴公は、気遣ってビニール手袋をしてかき回した。

胡瓜《きゅうり》や茄子《なす》を押し退けて奥に手を入れた途端、異物が指先に触れた。

「あったぞ～！」

奇声を上げる貴公。

甕の中から、二重三重に包まれたビニール袋を取り出した。

糠味噌が匂うビニール袋を静かに開けた。

中には、覚せい剤と分かる白い粉が出てきた。

白い粉の重さは、１２０グラムもあった。

その場で、白い粉の正体を検査液垂らして、覚せい剤であることを証明しはじめた。

間違いなく覚せい剤だった。

貴公たちは、本署から用意してきた段ボール箱数個に振り分け詰め込んでいった。

…………

「あなたの罪状は、覚せい剤取締法違反ならびに証拠隠滅罪に当たります。あなたは、この事件の首謀者ですか？」

「…………」

「なぜなら、あなたには、いくつものの顔をお持ちですものね。本当は、日本生まれの日本育ちの中国籍で中国名は郭書君《かくしょうくん》。

今から十二年前に、今のご主人と結婚して日本へ帰化されて、日本名を手に入れて石上雪絵になったんですものね。

時には、能見薫子であり冬木千鶴にもなる必要があったのは、なぜ？

覚せい剤を取引する際に、わたしたちから逃れるための手法ですよね。

たくさんの名前を持つことを思いついたのは誰ですか？　この考え方は、あなた本人じゃないですよね。黒幕がいるんですよね。誰ですか？

このままだと、あなたに重刑が科せられることが予測されますよ。楽になりましょうよ。

こんなに頑なに黙秘しても、物的証拠品などを提示して正しさが裏付けされてしまうのです。

わたしたちは、構いませんけどね。ここから、あなたとわたしたちの根《こん》比べがはじまるのですね。

ところで話は変わりますが、川久保新之助の殺人現場から、あなたの指紋がついた缶コーヒーが発見されております。

手を掛けたのは、飯田友徳だと思っているのですが、あなたじゃないですよね？

もし、そうだとしたら、罪状に殺人罪も加わりますよ。

少しでも罪状が軽くなるために、わたしたちに、あなたの口から本当のことを話していただき、一日でも早くお子さんと一緒に暮らせるように頑張りましょうよ！」

学は、情に訴えた。

「…………」

まだ、友徳が死亡していることを、雪絵には知らせていなかった。

警察側としては、友徳を出汁《だし》に使いながら事件の真相を暴いて行きたかった。時には事実でもないことを恰《あたか》も、友徳が自白しているかのように装い、雪絵を誘導したかったのである。

事件を解決するためには、嘘も使わなくてはいけない職場にもなっていたのだ。所々で、人情に訴えることも多くなっていった。

世の女性は、子どもが出来たときが喜びと不安との葛藤のはじまり。お腹で十ヶ月と十日胎児を体内で育て、男性には分からない激痛に耐えながら子どもを出産するのです。

本当に、凄いことなんです。

女性は偉大なり。

雪絵もお腹を痛めて女の子を出産していた。

女の子の公園デビューで、今日子と知り合った。

渉と女の子が遊んでいる最中、今日子がいつも雪絵に日常生活の苦しさを嘆いていた。

雪絵は、近くに〝鴨が葱を背負って来る〟諺《ことわざ》の今日子がいることに笑みを浮かべた。

早速、新之助に紹介した。

今日子は、自分が警察官であることに誇りに思っていたのだが、魔物なるお金をちらつかせた新之助の誘惑に負けてしまった。

それも、誰も覚せい剤を警察内に隠すアイデアなどは、今日子には考えつかなかった。

諺の中に〝木を隠すなら森の中〟を思い出した雪絵が、新之助に助言した。

完全に盲点を突いた思いつきだ。

即ち、覚せい剤を隠すなら警察署の中が、自分の隠れ家に隠すより安全な場所と、友徳と新之助が判断していた。

それで、格好の標的になったのが今日子だった。

…………

雪絵も女性だ。

学は、所々で子どもの話を持ち出した。

雪絵は、子どもの話になると動揺しはじめた。

それを見過ごさなかった学は、雪絵の母性に働きかける作戦に出た。

「あなたは、今すぐに犯行の一部始終を自白することで、刑罰が少しでも軽くなります。お子さんと一日でも早く会える日が来るんじゃないですか？

お願いです。あなたの口から真実を話して下さい」

それを聞いた雪絵は、泣き崩れた。

小さな声ではあるが、事件の経過を話し出した。

荒池公園で、紙袋に入れた覚せい剤（脱酸素剤にカムフラージュ）紛失が切っ掛けで仲間同士の口論から、責任を取って川久保新之助が警察署に出向き引き取ってきた。

持ち帰ってきた紙袋の中身を確認していた川久保新之助を、近くにあった石ころを持ち上げて飯田友徳が撲殺したことを告発した。

理由は、警察に面（顔）が割れたことが発端だった。

白鷺今日子を巻き込んだのは、覚せい剤を保管してもらうためだけの役目だったことも判明した。

順調に覚せい剤取引先が多くなるに連れて、補充を含めた出し入れもお願いしていたことも分かった。

覚せい剤取引に関する売上額は、飯田友徳が管理していて毎月の売上利益に対して、川久保新之助や石上雪絵そして白鷺今日子に、指定された銀行口座に振り込みされていたことも分かった。

学は、雪絵に訊ねた。

「この覚せい剤の総元締めである黒幕は、誰ですか？」

「はい、分かりません。本当です。信じてください、刑事さん！　ただ、覚せい剤が宅配便でお店に送られてきます。その宅配便の控え受領書は、手提げ金庫の中に保管しています」

「それじゃ、わたしからあなたに新しい情報をお伝えしなくてはいけませんね。先ほど、飯田友徳が心筋梗塞で急死しました。覚せい剤の打ち過ぎだそうです。あなたは、覚せい剤に手を染めていませんよね？　後ほど、あなたの毛髪と尿検査をさせていただきます。

最後になりますが、だれが警察署の中に覚せい剤を隠そうなどと、悪知恵を働きかけた人物はあなたですか？」

「……わたしじゃありません。飯田友徳さんと川久保新之助さんの二人が話し合って決めていました。わたしは見守るだけでした。

これだけは、本当です。刑事さん！」

「真実には足りないと思うけど、信じましょうか？　宝塚さん、石上雪絵容疑者を尿検査室にお連れして下さい」

…………

宅配便の控え受領書から、送り先住所・氏名・電話番号は架空と思われていたので、送り先宅配便の防犯カメラを通して犯人を割り出す作戦に出た。

防犯カメラに写し出された犯人の顔写真を全国の警察署に協力要請して、次から次へと芋づる式に逮捕されていった。

ただ、黒幕までの逮捕へは、未だに到達していなかった。

24　記者会見

学が、記者団に向かって、

「ただいまから、川久保新之助荒池公園殺人事件に対する捜査活動の報告をさせていただきます。詳細につきましては、雀之宮警部からご報告申し上げます。それでは、お願いいたします」

バトンを渡された公三郎は、

「先日、荒池公園で殺人事件が発生いたしました。

川久保新之助容疑者を内々で調査していたところ、覚せい剤絡みの事件であることを突き止めました。

みなさんには、とても心苦しかったのですが、発表を控えさせていただきました。

みなさんもご存知かと思いますが、特に覚せい剤絡みの事件は慎重に捜査を続けなければなりません。本当に申し訳ございません。

ところが、発表寸前で、覚せい剤取引絡みの利権争いで仲間割れが発生し殺人事件まで発展してしまいました。

撲殺させたと思われた加害者の飯田友徳が取調べの最中に、覚せい剤中毒症状の発作を起こして、先ほど心筋梗塞で死亡いたしました。

従いまして、被疑者死亡のまま事件は終了といたしました。以上であります」

公三郎が、記者団に向かって一方的な説明で終了としようとしたところ、民友新聞社の広行が手を挙げた。

「雀之宮警部！　何か忘れていませんか？　もっと重要な報告を、わたしたちに隠していませんか？」

「何をですか？」

「またまた、恍《とぼ》けちゃいけませんよ～！　わたしの手元には、署外持出禁止の㊙資料のコピーが、ここにあるんですが？」

広行は、警察の㊙資料を掲《かか》げて質問した。

署内で作成された内部資料である。

「よろしいでしょうか？　雀之宮警部！

この資料によると、覚せい剤は貴署内の地下一階遺失物保管倉庫の中に、保管されていたと記されています。

しかし、覚せい剤を保管していたのではなく、川久保新之助容疑者が取引のために利用していたのではないでしょうか？

それも、貴署の署員が、覚せい剤取引に関与していたと書かれています。

ここに掲載されていますが、雀之宮警部の口から真実を話していただけませんか？

隠し事はなしですよ！」

公三郎は、隣に陣取っている学に目で合図した。

「その件につきましては、わたしの方からご説明いたします」

学は、生唾《なまつば》を飲み込んだ。

「総務部会計課勤務の白鷺今日子30歳。現在、当署内に身柄を拘束いたしております。

生活苦による犯行であることを本人が認めています」

「警察官の給料は、一般人のわたしたちよりも悪くないはずですが？……。

犯罪に手を染めるという切っ掛けは、警察に対する不満があったからなのでしょうか？」

「警察に対する不満があったと言うことは聞いておりません。

ただ、わたしたちが本人から聞いている話ですと、今回のコロナウイルスの絡みでご主人が職を奪われたことが、最大の犯行に及んだ大きな切っ掛けになったそうです」

広行は納得していないのか、メモ帳にメモを正確に書き留めるのだった。

…………

各新聞の見出しは、麓山中央警察署に関するものばかり。

【麓山中央警察署内に覚せい剤を隠してあげただけで、月報酬30万円は高いか？　安いか?!】

【元警察官・白鷺今日子容疑者が、日本の警察の信頼を失墜させる!!】

【恐怖のコロナウイルス。人の心も生活も狂わす感染症！】

【覚せい剤を隠すなら、麓山中央警察署の中へ!!】

【蘇るあの少年が青年になっても、麓山中央警察署を救う!!】

署長室には、渡邊署長はじめ三村総務部長、河村総務課長、田中会計課長、雀之宮刑事部警部が招集させられていた。

応接室のテーブル上には、各新聞社の新聞が並べられていた。

顕太朗は、各新聞に目を通していたらしく、

「どうしたもんですかね？　全国署長会で頭を下げれば良いってもんじゃないし、どうしたらよろしいでしょうかね？」

顕太朗の疑問に対して、史彦が即答で、

「現実を受け止め、署長の思っている言葉を素直にお話しすれば、分かってもらえるのではないでしょうか？」

「うん、そうだね。しかし、わたしだけかな？　麓山市役所から派遣していただいた島本光一郎君を、市役所職員にしておくのは勿体ないね。

出来れば、このまま本署へ転籍してもらう手続きでもしてみましょうか？

どう思うかね、雀之宮君！」

「はい。わたしは、良いかと思うのですが、本人の気持ち次第ではないでしょうか？」

「そうですね。そう言われてみれば、自分が同じ立場だったなら悩むでしょうね」

自分の言い放った言葉に反省する顕太朗が、

「先ほど県警本部にて賞罰委員会が開かれ、島本光一郎君に本部長賞が決定したとの本部から連絡がありました。

また、わたしたち幹部に非情にも懲罰が下されました。

それぞれに、どの懲罰に該当するかは分かりませんが、懲戒解雇・降格・停職・減棒・減給・けん責のいずれかに該当するかと思われます。

わたしの指導の至らなさに、みなさんを巻き込んだこと、本当に申し訳なく思っております」

目頭を熱くする顕太朗に、史彦が、

「何を言うんですか、渡邊署長！　部下が起こした不祥事は、上司のわたしたちも背負わなくてはいけないんじゃないですか？

これが、縦社会で育ってきたわたしたちの宿命であると思います。

言葉は悪いのですが、同じ釜の飯を食った仲間が良くも悪くも行動・運命を共にした報《むく》いじゃないでしょうか？」

「ありがとう。三村君！　これから、市民から厳しい叱咤激励もありますが、厳しい非難の声が入ってくることも予測されます。

地道な捜査活動などを展開することで、早期的に事件解決へ導くことが、市民への信頼回復に繋がってきます。

これからも何かと大変かと思いますが、気を引き締めてくれぐれも体には気をつけて、益々のご活躍とご健闘を心から願っています。お互い、頑張りましょう」

…………

『惑射犬！　島本光一郎殿。貴殿は　日頃より積極的に難事件に取り組み　早期解決

に尽力を賜り　全警察官の模範的な行動に感謝申し上げます　ここに感謝状並びに記念品を贈呈いたします　令和七年四月二十三日　麓山中央警察署長　渡邊顕太朗』

顕太朗は、感謝状を読み上げて記念品も添えて、光一郎に手渡した。

感謝状授与式に立ち会っていた史彦たちから拍手が沸き上がった。

「おめでとう。島本主任！」

「ありがとうございます。これからも、ご指導よろしくお願いいたします」

光一郎は、幹部一同に深々と頭を下げた。

光一郎は、これで警察に関する感謝状は二回目だった。

「島本主任！　来週月曜日、県警本部へ出向いて下さい。

県警本部長から感謝状が出ることになっています。

また、島本主任を囲んで本部長以下幹部連中と記念写真を撮ることも連絡が入っています。

この集合写真は、県警本部発行の広報誌『県警だより』に特集記事入りで発行されることも決定されております。

島本主任は麓山市職員であっても、警察の制服制帽持参でお願いしますよ」

史彦から、嬉しい報告も付け加えられていたのだった。

25　若者だけの懇親会

閑静な公舎内の署員クラブ［さわたり］に申請したものの見事に外れ、いつもの小さな居酒屋の中から、

「島本主任！　おめでとうございます！　乾杯〜！」

「乾杯〜！」

乾杯の声が外にまで漏れ出し、店の前を歩いている人も立ち止まって覗き込んでいた。

「ありがとうございます。

これも偏《ひとえ》に、みなさんたちと一緒に作り上げたお陰で、今年度の決算報告書が円滑かつ正確に処理することが出来ました。

株主総会まで時間がありますので、資料まとめもお願いいたします」

光一郎は笑みを浮かべながら、公三郎のスピーチを真似て話した。

瓜こつままれたような話に、呆れて言葉が出ない次郎である。

笑いながら正修が、小声で次郎に説明しはじめた。

自分たちの職業を欺《あざむ》く手段として、一般の会社員を装って話を進めることを、ようやく理解した次郎も笑顔を取り戻した。

縦社会において上司を笑い者扱いするのはご法度なのだが、今日は若者たちだけの集いでもあり、肩書に関係なく礼儀を捨てて催す酒宴になっていた。

光一郎を中心に正修・貴公・次郎・静香・めぐみ・くららたちが、時間の都合をつけて参加してくれた。

光一郎は嬉しかったものの、正修と静香が隣同士に少し妬《ねた》ましく思う自分がいた。

もし、隣に恋美がいたら、同じことをしていることを浮かべている光一郎。

静香の隣席からめぐみの視線を感じた光一郎。

どうしても、恋美似のくららの方に目がいってしまうのであった。

「これからのお付き合いは、肩書なしの〝君〟とか〝さん〟で呼び合いませんか？

出来れば、下の名前で呼ぶのはどうでしょう。

ただ、上司や先輩たちがいるときは、いつも通りの苗字で呼び合いませんか？

いつも、わたしが心掛けているのは、年輩者や上司に対しては尊敬の念を抱いていています。

ですから、名前で呼ぶことを失礼に値するものと思いますので、全て苗字で呼ばせていただいています」

「と言うことは、四歳年上のぼくも苗字ですか？」

正修は、静香を見ながら訊ねた。

「どちらで呼ばれたいですか？」

「そうだなぁ、ぼくとしては、同年代の集まりだから親しみに近づく意味も込めて〝君〟が良いかな？」

「今から、肩書は使わないようにしましょうよ。

それから、わたしの願望ですけど、この懇親会は年一回から二回くらいは、みんな揃って夢の国横浜ランドパークなどで、心を癒せる時間を作れるよう努力しませんか？

その代わり提案した手前、わたしが日程調整や場所選びを兼ねた幹事をやらせて下さい。

お願いします！」

光一郎の申し出を聞いた次郎が、即座に、

「その幹事役は、年下のぼくがやらなくちゃいけないと思います。

見て下さい。島本さん！

正修先輩が睨んでいるじゃないですか？

ぼくに、幹事役をやらせて下さい！」

正修が率先して拍手した。

光一郎を除いた貴公たちも賛同して拍手し出した。

「それじゃ悪いので、言い出しっぺのわたしにも手伝わせて下さい」

男同士の堅い話のやり取りに痺れを切らした静香が、

「事前に予約していた料理を運んでもらってもいいかしら？」

「ごめん、ごめん。お願いします～」

店の騒音に負けない大きい声で静香が、

「お願いしま～す！」

店長自ら料理をもって、

「は～い。お待ちどおさま～！」

「待ってました～！」

「こちらの料理は、今日、日本海沖で獲れ立ての魚です。

常日頃から、大変お世話になっておりますす笠原さんに食べていただこうと思いまして用意させていただきました。

　ご賞味下さい」

「ありがとう」

　正修は、店長にお礼を言った。

「料理も揃いましたので、舌鼓を打ちながらご歓談下さい」

　歓談の最中、突然、次郎が質問をはじめた。

「正修さん、ちょっと聞いても良いですか？」

「何を？」

「はい、仲谷支社長たちの処分が気になって仕方ないものですから。

　分かっている範囲で結構です。教えて下さい」

「……う、う〜ん。今回の不祥事は、会社に歴史的な汚点を残した事件だけに、そう
簡単な軽い処分では済まなかったらしいよ。

　ぼくが聞いた話によると、渡邊支社長と三村総務部長は秋季の定期人事異動発令で、
隣町の小さい支社長や支店長として就任し、今の身分から降格させられることも決
まったらしいよ。

　また、われらの雀之宮管理部長は、減給処分。

たた、白鷺の直属上司の田中お客様ご案内センター長は、一ヶ月の停職処分が決定したらしいよ」

正修は、めぐみの顔色を窺った。

めぐみからは、何の反応もなかった。

「田中センター長は、あと数ヶ月で定年退職じゃないですか？　可哀そうですね」

「仕方がないよ。ぼくたちには、どうしようも出来ないんだから？

言えることは、会社経営の安定と経常利益の確保のほか優秀人材の配置転換などを考えられているみたいだよ？」

「ちょっと〜、そんな過去みたいな話ししても、料理がまずくなっちゃうじゃない！

暗い話はやめて楽しく飲みましょうよ〜」

怒りとも取れる静香から、苦情が突き付けられた。

「飲もう、飲もう！」

「飲みましょう〜」

…………

「ところで、正修さんと静香さんのお付き合いする切っ掛けは、何ですか？」

突然、何を思ったのが、光一郎が正修に向かって訊ねた。

突拍子もない質問は、次郎と何ら変わりもなかった。
静香は、恥ずかしさから顔と耳朶《みみたぶ》が真っ赤になっていた。
決して、お酒から来る紅色ではなかった。
「ぼくたちの職場って特殊でしょう。
どうしても、一昼夜勤務で不規則の上、彼女を作る時間なんてないんだ。
そんな時いつも笑顔で迎えてくれていたのが、彼女なんですよ。
正直、自分に気があるのかなと勘違いしてしまい、告白してみたら見事断られました。
どうしても諦めきれず何回もアタックして、彼女も呆れたのか今日に至りました。
しかし、彼女から条件が突き付けられました。
楽しく二人で過ごしている時には、絶対に仕事の話を持ち込まないことです」
正修の切実な訴えにも、だれも助け船を出すことなど出来なかった。
正修が話している時に光一郎の目は、時々静香を見つめた。
静香の目は、余計なことを言わないよう切に願う目だった。
「ありがとうございました。参考になりました」
光一郎は、正修と静香に向かって、頭を下げた。

思いやりのある二人の顔が印象的だった。
宴も中盤に入り。
お酒の差しつ差されつの中、光一郎がビール片手に真っ先にくららの元へ。
「先日は、お疲れ様でした。ありがとうございました」
ビールが入っているグラスに注ぎ足そうとした時、くららから、
「ありがとうございます。わたし、本当はアルコールがダメなんです。
出来れば、烏龍茶お願いしてもよろしいでしょうか？」
くららから、烏龍茶の入っているグラスが差し出された。
烏龍茶を注いで、次郎の元へ。
「お疲れ様です。今日の大役ありがとうございます。
これからも、一緒に幹事役頑張りましょう」
空いているコップに、ビールを注いだ。
「ありがとうございます。こちらこそ、よろしくお願いいたします」
新人に等しい光一郎に対しても、階級が一つ上のことだけで扱いが違っていた。
あいさつも兼ねた交流も、めぐみの前にようやく辿り着いた。
「お疲れ様です。先日は、歓迎会では夜遅くまでお付き合いいただき、ありがとうご

ざいました。

翌日は、体調大丈夫でしたか？」

「はい。……」

めぐみは、光一郎が目の前にいることを静香に目で合図した。

静香の視線を背中で感じた光一郎は、後ろを振り返った。

気まずそうな雰囲気が、三人に漂っていた。

めぐみは顔を赤らめ思い切って、

「あの～、これ読んでください」

小さなメモ用紙を、配膳の下から差し出した。

光一郎は、何気ない素振りして受け取り、誰にも気づかれないようにポケットの中に忍ばせた。

後で分かったことなのだが、静香とめぐみで入念な打ち合わせが出来上がっていた。

静香の助言から、今の時代は待つ身より攻めたほうが、ダメになっても諦《あきら》めがつくことを説得させられていたのだった。

懇親会が終了に近づいてきた時、何を思いついたのか貴公が、突然手を挙げた。

「一つ提案があるのですが、聞いていただけますか？」

「どうしたんですか？」

「この懇親会に、名前を付けるのはどうでしょうか？」

「……例えば、若き七人の侍とか？」

「堅いねぇ。女性が入っているんだよ？　女性にもふさわしい名前が良いじゃない？」

正修の拒んだ言葉に光一郎が、

「虹の会は、どうでしょうか？　七色の光の組み合わせから、女性が輝く会にしたいですね」

「賛成！」

誰からも反対なく、

「〝虹の会〟で決定！」

全員一致で決定されたのであった。

26　夢の国横浜ランドパーク

高速道路を法定速度を守りながら、一台の車が軽快に走っている。

車の中では、ZARD坂井泉水の♪負けないで♪名曲が、大音量で流れていた。

【♪ふとした瞬間に……負けないで　もう少し　最後まで……♪】

の名曲に合わせて熱唱する四人組。

車を運転する正修と助手席に静香、後ろの座席には光一郎とめぐみが、歌詞を思い出しながら口ずさんでいた。

気持ち良く口ずさんでいた静香が、突然、

「ねぇ、見て、見て！　ほら、水平線から太陽が顔を出すところよ」

「うぁ、本当！　海原《うなばら》に一筋の道が出来上がって行くのね。神秘的だわ。

ここから見ると、太陽に向かうバージンロードだわ。わたし、あのバージンロードを彼と一緒に歩きたい気分よ」

「めぐみって、ロマンチストなのね」

静香は、後ろを振り返りながら、めぐみに話しかけた。

光一郎は、おとなしく物静かなめぐみが、一段とはしゃぐ可愛い一面を見つけた。

恋美とは正反対な女の子が、ここにいた。

突然、静香がドライブナビゲーションを見ながら、

「あと一時間ぐらいで、目的地に到着する予定です～！　これから行く夢の国横浜ランドパークの超目玉は何だか分かる？」

後部座席に座っているめぐみが、

「わたし、にわか情報だけどジェットコースターじゃない？

世界一長くて高低差も激しくて約４キロ（３９８９メートル）に渡る恐怖の乗物って書かれていたわ。

夢の国横浜ランドパークの中でも、一番人気がある乗物みたいよ」

静香は、正修に向かって、

「正修さん、安全運転でお願いします～」

…………

政令指定都市・横浜市は、麓山市の人口の約七倍に達していた。

歴史ある横浜市の特色は、外国船などの海の玄関口として栄え、日本発祥の数々の

はじめて物語が誕生していた。

「見て、見て！　あの大観覧車が、夢の国横浜ランドパークのシンボルタワーじゃないかな？」

「そうよ。きっとそうだわ」

ゴンドラが風に煽られ揺れているのを見つめて、

「うわ〜、怖いわ！」

会場に近付くに連れ、軽快な音楽が耳に飛び込んできた。

駐車場係員に誘導され、所定の位置に車を止めた。

車の中で、めぐみが総務部で貰った入場チケットを各自に手渡した。

受け取った静香が、

「ねぇ、会場の中はフリーにしない？　そして、好きな娯楽施設を巡るの？

最後に、どの位乗り物や娯楽施設を回ったかの回数を報告し合うのって、どうかしら？」

「分かったわ」

「じゃぁ〜、わたしたち先に行くわね」

駐車場ゲートを正修と静香は、腕を組んで颯爽《さっそう》と会場の中に消えた。

残された光一郎とめぐみは戸惑った。

「それじゃ、ぼくたちも行きましょうか？」

…………

会場の中は、日常生活から一歩も二歩もかけ離れた夢の散りばめられたファンタジー別世界の街が出来上がっていた。

「本日は、夢の国横浜ランドパークにご来場いただきまして、誠にありがとうございます。ただいま、正面ゲートならびに海ゲートが大変混み合っておりますので、ゴンドラゲートをご利用下さい。係員がご案内申し上げます。

また、広い会場を満喫していただくために、休憩所をたくさん用意しております。こまめな水分の補給や休息を忘れずに、夢の国横浜ランドパークをお楽しみ下さい」

会場内には、生活空間の雰囲気が詰まった心地良い軽やかな音楽が流れていた。

「めぐみさん、遊べるアトラクションランドとかミステリーランドがたくさんありますが、どちらの方向を目指しますか？」

「わたし初めてなので、どちらでも結構ですけど……？　島本さんは、何回か来ているのですか？」

「ぼくも初めてなので出来れば、あの大観覧車から会場全体を眺めてから決めましょうか?」

「はい。そうしましょうか?」

光一郎は、正面ゲートを入場する際、会場ガイドマップを二部手に入れていた。

大観覧車内にめぐみを先に誘導した光一郎は、怪しい行動を取りはじめた。

めぐみの隣に座りかけたが真向かいに座った。

夢の国横浜ランドパークのテーマパーク敷地は、横浜ベイスタジアム約八個分の広さだった。

めぐみは、大観覧車が上昇するたびに体を動かした。

その都度、光一郎は左右の手すりを強く握りしめていた。

「島本さん! 見て下さい。この会場に来るまでに、あんなに曲がりくねった道を通って来たんですよね?」

「……は、はい」

光一郎の返事が素っ気ないのに気づいためぐみは、顔を覗いた。

目は開いていなかった。

光一郎が、高所恐怖症であることに、はじめて気づかされた。

「島本さん！　観覧車に乗る前にお話ししていただければ良かったのに……？」

「ごめん。めぐみさんには、つまらないことに気を遣わせるわけにはいかなかったので、乗り込みました。お恥ずかしい話です」

　頭を摩る光一郎。

「ところで、会場全体を見た中で気になった乗り物とかパビリオンがありましたか？」

「気になった乗り物ですか？

　やはり、ジェットコースターが気になったのですが、真上から見ただけなんですけど長蛇の列が出来上がっていました。

　乗るまでに、時間が掛かると思いますので、隣の黒く塗りつぶされた建物が気になりました」

　光一郎は、会場ガイドマップを見ながら、ミステリーハウス（お化け屋敷）を指差した。

「ミステリーハウスですけど、大丈夫ですか？」

「わたしは、大丈夫です。島本さんは？」

「ぼくも、大丈夫なんですが、子どもの頃のトラウマが蘇ってきちゃうんですよ。

　恥ずかしい話、妖怪とかお化けが超苦手になっていたんですけど、めぐみさんと一緒なら克服出来ると思うので頑張ってみたいです」

光一郎は、閃いた。

大きな嘘を作り上げていた。

めぐみの前では男としての弱みを見せることで、母性本能を擽《くすぐ》る作戦に出た。

本当は、妖怪や未確認飛行物体（ＵＦＯやＵＭＡなど）の専門雑誌を片手に、学生時代友だちに自慢することも屡々《しばしば》あった。

「じゃ、止めましょうか？」

「頑張ります。妖怪やお化けなどを、めぐみさんの前で克服したいと思っています。行きましょう！」

めぐみも薄々、光一郎の言葉の端々に違和感を抱きはじめていたが、達ての願いでもあり入場することを決めた。

案の定、人気アトラクションのジェットコースターは、１２０分待ちだった。

それでも乗りたいアトラクションは、列を乱すことなく気長に我慢して行進する民族だった。

光一郎たちは、その様子を横見しながら、お化け屋敷入口で入場チケットを見せると、係員が裏面にスタンプを押してくれた。

ここで、静香が車中で言っていた娯楽施設などを利用した回数を競い合う提案をしていたことを、はじめて知ることになった。

遊戯設備が整ったお化け屋敷の中は真っ暗闇で、所々から異様な音と風そしてスポットライトの点滅などで演出されていた。

人形の顔や姿かたちを変形させ、舞台装置などをリアルに展開させて驚かせていたのである。

中には、人形唐繰《からくり》の代わりに人間が仮装して、入場者に触れることで、より一層恐怖感を煽っていたのだ。

前に入場した女性たちの叫び声が、お化け屋敷の中で響き渡っていた。

目が暗闇に慣れてないせいか、めぐみの顔がはっきり見えていない。

めぐみは、光一郎の手を強く握り締め引っ張りながら中へ。

めぐみの手は、滑々で柔らかかった。

光一郎の脳裏に、恋美が帰ってきた。

お化け屋敷の中盤に差し掛かった時に引っ張られていた手を、逆に引っ張り返した。

めぐみの体が、光一郎の腕の中へ。

急なお誘いに、めぐみは唖然とした。

光一郎の唇が、めぐみの唇を奪った。

新たに、恋美とは違った光一郎のエキスが、めぐみの中へ。

めぐみもまた、胸につかえていた氷が溶け出し、光一郎の口の中へ。

めぐみは、無意識のうちに光一郎の腰に両手が回っていた。

長〜い口づけだった。

驚かそうと待ち構えているお化け役の係員の目の前で、口づけを交わしている二人を脅かすことなど出来なかった。

入口では、一同に入場させることが出来ないシステムになっていたので、時間差でお客様を誘導していた。

後から案内されたお客様たちは、光一郎たちを追い越し羨ましそうに眺めて、次のステージへ。

出口では、お化け屋敷の中で迷子になっていることを心配した係員が、逆走で入場し探しはじめた。

目の前の光景に係員は、声を掛けることも出来なかった。

会場の中が異様な雰囲気に気づいた光一郎は、めぐみの唇から離れた。

顔が赤らんでいることは、暗闇の中で消されていた。

出口係員は、入口係員に無線を使って事情を報告していたのだった。
出口では、光一郎とめぐみが来るのを、首を長くして待ち構えていた。
光一郎の顔を覗かせたところで、
「おめでとうございます（笑）」
全然知らない人たちから冷やかす掛け声と、拍手が沸き起こった。
ところが、意外な声が光一郎の耳もとに届けられた。
「口紅、口紅！」
光一郎の唇のまわりを、指さすのだ。
光一郎は、顔を赤らめながら周りを見渡した。
手の甲には、赤い口紅がついていた。
正修と静香が、この場にいないことを祈った。
いなかった。
胸を撫で下ろす光一郎とめぐみ。
口紅がついていることに気づいためぐみは、光一郎にハンカチを手渡した。
超恥ずかしかった。
光一郎は、唇にハンカチを当てがい一目散にトイレへ。

後を追うように、めぐみも化粧直しのためにトイレの中へ消えた。

27　迷子の知らせ

緊急を知らせる会場案内放送が流れた。

［♪キンコンカンコ〜ン♪］

［ご来場のお客様に、迷子のお知らせを申し上げます。川嶋翔馬《かわしましょうま》君、五歳の男の子が迷子になり、親御様が探しております。

紺色のブレザーとショートパンツ姿に、ホワイトソックスに茶色の革靴を履いております。

胸にワンポイントエンブレムが付いております。

見掛けたお客様は、最寄りの案内所か近くのスタッフへお知らせ下さい」

［♪キンコンカンコ〜ン♪］

「翔馬くん〜！」

「翔馬〜！」

翔馬の両親・川嶋翔次郎《かわしましょうじろう》と川嶋恵子《かわしまけいこ》は、顔面蒼白状態で探し回っていた。

二人の額には、汗が光り輝いていた。

翔次郎は、好奇心旺盛で活発な翔馬が良く親を驚かそうと、かくれんぼが大好きなことを思い出していた。

翔次郎は、這いつくばってベンチの下を覗き込むのであった。

そして、光一郎の前を駆けて行った。

他人事なのだが、子どもを授かると言うことは、不慮の出来事や事故災難などを巻き起こす喜怒哀楽が待っていることを見せつけられていた。

「翔馬！」

光一郎は、トイレ前のベンチが空いていたので、めぐみが来るまで座って待つことにした。

女子トイレは、満員のため長蛇の列が出来ていた。

めぐみは後ろを振り返りながら、光一郎に手を振るのだった。

男子トイレは、並ばずにスムーズに入れたのに、この差はなぜだろうか首を傾げたくなる。

女子トイレの個室数が少ないのか、それとも利用する時間帯に問題があるのか、光一郎はいつも疑問を抱いていた。

「翔馬〜！」

「翔馬君〜！」

迷子になった翔馬の両親は、光一郎が座っているベンチ下を覗き込むのだった。

余り気持ちの良いもんじゃなかった。

会場内を一括管理している警備会社の監視センター司令室では、モニター画面が数十台並べられて監視されていた。

当然、会場内で迷子になった翔馬の捜索願いとプロフィールなども届けられていた。

両親からの聞き取り調査をまとめた資料から、

［翔馬からトイレに行きたいと言われたので、恵子が一緒にトイレに向かった。

少し、お漏らしもしていたので、着替えも兼ねた多目的トイレを利用したかったのだが使用中だった。

仕方なく、一般の女性トイレを利用した。

着替えが終わった翔馬が、駄々《だだ》を捏《こ》ねたので、遠くへ行かないよう強く言い聞かせ、自分も用を足して出ていったものの姿が消えていた］

［氏名・川嶋《かわしま》翔馬《しょうま》。五歳。

平和幼稚園、年中のうさぎ組。

身長・約95センチメートル。

特徴・頭髪はマシュマロカット。

紺色のブレザー服の胸ポケットに王冠エンブレム付、紺色のショートパンツ着用。

ホワイトソックスに革靴。

住所・横浜市戸塚区西が丘×××。

自宅電話番号・０４５（８××）０×××。

川嶋総合子どもクリニックの長男等々」

恵子が泣きながら、迷子センターに飛び込んできたと記載されていた。

監視センター司令室長の増子晋太郎《ましこしんたろう》から、全従業員に翔馬に関する情報が携帯無線を通じて知らされていた。

また、会場内に設置されている交番詰所（当番制）の諏訪前勝一《すわまえかついち》巡査長にも迷子に関する情報を、ホウレンソウ（報告・連絡・相談）の三原則に沿って届けていた。

光一郎の目の前に、人気キャラクターのパオ（象）が近づいてきたので、めぐみが喜んでくれることを期待して携帯電話内蔵のカメラで撮りはじめた。

夢中でズームアップやズームインを交互に撮影していった。

晋太郎から、多目的トイレ近辺で巡回している警備員に、トイレを撮影している挙動不審な男性をマークするよう無線で指示した。
モニター画面に、光一郎が映し出されていた。
そんな最中、男女トイレ隣の多目的トイレから、挙動不審な女性が出てきた。
多目的トイレは、障害者や小さい子どもなどが最優先になっていた。
扉を開けながら、左右をキョロキョロ。
女性は、庇《ひさし》の広い黒色帽子とサングラスを掛け、乳母車を片手で引きずって出てきた。

28　謎の女性尾行

「お待ちどおさま～」

スッキリした表情のめぐみが戻ってきた。

光一郎は、めぐみに向かって、

「次の娯楽施設を利用するか、ここに座って決めませんか？　どうぞ座って下さい」

光一郎は、ガイドマップを広げた。

刑事部で学んだ演技で芝居を打った。

乳母車を押す女性が、光一郎の前を過った。

女性から醸《かも》し出す香水の匂いは瞬間であったが、微かに目と鼻の先を刺激する強烈なものだった。

また、乳母車の車体が沈んでいるのと異常に膨らんでいるのが気になって仕方がなかった。

光一郎は、めぐみに小声で、

「あの女性が、余りにも挙動不審な行動を取るのが目について離れないんです。笠原さんに連絡を取っていただけませんか？」

「何かあったのですか？」

「何が何だか分かりませんが、刑事の勘ならぬみなし警察官の勘と言いますか、無性に気になり胸に突き刺さるんですよ。

笠原さんに、至急連絡を取って下さい。

出来ればこのまま、彼女を尾行したいと思いますので、一緒に付いてきてもらっても良いですか？」

謎の女性との距離感を保ちながら、光一郎とめぐみは腕を組んで、悟られないよう尾行を続けた。

めぐみの携帯電話が鳴り出した。

「もし、もし。どうしたの？　何かあった？」

「島本さんと替わります」

「電話替わりました。お楽しみのところ恐縮です。

今、挙動不審な女性が目の前にいるので、尾行しております。

応援お願いしたいのですが、よろしいでしょうか？」

「……どんな理由？」

「詳しいことは、合流した時にお話しいたします。今、サングラスを掛けた髭面《ひげづら》の男性と何やら話し込んでいます。このまま、尾行を続けます！」

「分かった！　この携帯電話を金城さんに変わっていただけますか？」

光一郎は、携帯電話をめぐみに手渡した。

「はい、替わりました」

正修から、めぐみに、

「このまま、携帯電話を切らないで！　実況中継じゃないけど、その都度、尾行している場所を教えてもらえるかな？」

「はい、分かりました。現在、会場中央に設置されています三体のドラゴンが水を噴き出している噴水広場から駐車場ゲートに向かっています」

めぐみは、会場ガイドマップを見ながら、小さく折りたたんで説明していった。

光一郎は、相変わらず女性と男性の後ろ姿を動画撮影しているのであった。

携帯電話のバッテリー（充電池）が、今にも切れそうになっていたが、それでも撮影を続行させるのだった。

乳母車を押す手が、女性から男性に替わった。

尾行されていることに気づかれてしまったのか、二人は急ぎ足になっていた。

…………

「いやぁ～、遅くなりました。ところで、不審人物はどこですか？」

光一郎は、正修に向かって人差し指を唇に押し当てた。

挙動不審な二人の距離を保ちながら小声で、ここまでの経緯を事細かく説明していった。

正修は、静香に耳打ちした。

ここから先は、光一郎と一緒に追跡するので、近くのベンチで待つよう伝えた。

万が一、大掛かりな事件に巻き込み、より一層迷惑が掛かることを考えての指示だった。

静香とめぐみは、ここで離脱したのだった。

「島本さん！　あの二人は、どこにも見向きもせずに、一路駐車場ゲートに向かっています。どうしましょうか？」

「……駐車場ゲートを封鎖することも出来ませんし、何か良い方法はありませんか？」

「そうですね。わたしが先回りして、駐車場ゲート出口前で職務質問をして引き留めておきますので、会場巡回の警備員か交番詰所に連絡して下さい。会場外に出られてしまうと、捜査範囲が広くなることが想定されます。よろしくお願いします！」

正修は、光一郎に言い残して一目散に駐車場ゲートへ。

男女の二人は、自分のところに駆け寄ってきたのと勘違いし立ち止まった。

正修は、二人を追い抜いた。

追い抜かれた二人は、安心したのか普通の足取りに戻った。

正修は、時間を稼ぎたかったのである。

光一郎は、ここから戻って説明している時間もないことから歩きながら考えたが、何も思いつかなかった。

駐車場ゲートまでに行き着く前に、何か手を打つ方法を考えた。

焦った。

突然、光一郎の目に飛び込んできたものが、身近にあった。

防犯カメラだ。

光一郎は、防犯カメラに向かって、身振り手振りで自分が追跡している様子を伝達した。

立ち止まることなく、所々の防犯カメラに向かってメッセージを送り続けた。

余りにも意識的に防犯カメラに向かって訴えている光一郎の姿が、監視センターの晋太郎の目に留まった。

監視センターでは以前、女子トイレを撮影していて嫌疑がはっきりしない重要人物が光一郎であったこともあり、最寄りの警備員に無線で至急保護するよう指示が出された。

会場内交番詰所勤務の勝一にも報告していたこともあり、急遽、応援に回ってもらうことを要請した。

29　誘拐未遂事件

「恐れ入れますが、お客様！　乳母車の中を拝見させていただけませんか？」

正修は、警察手帳を翳《かざ》した。

駐車場ゲート係員は、思いがけない事態に驚いて足が竦《すく》み動けなくなっていた。

驚いた二人は、乳母車を置いたまま散り散りに逃走を図った。

男性は、ゲートを強行突破して駐車場へ向かった。

正修は、無意識に声を張り上げて、

「待て〜！　待つんだ！　逃げても無駄だ〜！　観念しなさい！　止まるんだ！」

男性を追跡した。

女性は、帽子を飛ばしながら男性とは逆方向の会場内へ戻ったのだが、正面から光一郎たちと鉢合わせ。

光一郎は、女性の顔を見て指差し声を張り上げた。

「ちッ、この女性《ひと》です！」

逃げられないことで覚悟を決めた女性は、足元から崩れ落ち四つん這いになっていた。

取り残された乳母車の中の子どもを保護するため、ゲート係員が向かった。

乳母車の中を覗いて驚いた。

中には、人形が一体横たわっていただけだった。

正修は、スラックスと洋服が汚れていた。

格闘の末に、髭面の男性を確保し連行してきた。

駐車場ゲートは、たくさんの野次馬で群がっていた。

会場内の警備員はマニュアルに沿って、野次馬の整理をはじめた。

警備員たちは、両手をつないで人間バリケードを作り上げた。

勝一と正修、光一郎が男女容疑者を挟んで、乳母車を覗き込んだ。

正に、真に迫った人形一体に色鮮やかなピンクのベビー布団が掛けられ横たわっているのが、目の中に飛び込んできた。

光一郎は、ドリームランド内店舗から大きな商品を盗み隠して運んでいるものと思い込んでいたので、唖然とした。

光一郎は、また自分の思い込みから失敗をしてしまったんじゃないかと、脳裏を過りはじめていた。

勝一は、人形に掛けられたベビー布団を取り除き、隣にいた光一郎に手渡した。

人間の赤ん坊を抱き上げるように、やさしく人形を抱え上げて、正修に手渡したのである。

人形の下に敷かれていた敷布団を捲《めく》った途端、勝一が奇声を上げ驚いた。

「何だ！　これは〜！」

乳母車の底に、N字型で横たわっている男の子を発見。

「もしかして、この男の子は迷子になっている川嶋翔馬君じゃないか？」

すかさず、勝一は、制服に内蔵されている警察無線を使って、

「至急、至急！　こちら、夢の国横浜ランドパーク会場内交番詰所勤務の諏訪前勝一です。

駐車場ゲート前で、14時46分男児誘拐未遂の現行犯で男女二名を逮捕いたしました。本部からの応援よろしくお願いいたします！」

光一郎は、迷子から誘拐事件に発展していることすら不思議で、意外なところから意外なものが現れたことに、自分も驚きを隠すことが出来なかった。

正修は、光一郎の的を射ている鋭い直感に敬服するのだった。

勝一が横たわっている翔馬を抱き上げた。

勝一は最悪の事態を考慮して、翔馬の胸に耳を当て生死を確認しはじめた。

心臓の鼓動が規則的に動いていることを確認した勝一は、正修たちに向かって親指を立てた。

「翔馬〜！」

ただ、睡眠薬で眠らされているせいか、体が重たかった。

野次馬の群衆をかき分け、翔次郎と恵子が子どもの名前を叫びながら飛び込んできた。

「翔馬君〜、大丈夫！　どこも、痛くない？」

恵子が呼び掛けるも、翔馬からの返事はなかった。

勝一から、翔馬を奪い取るように恵子は抱きかかえ泣き崩れた。

恵子の涙が、翔馬の頬に落ちるも目を覚まさなかった。

翔次郎も、翔馬に頬ずりするしか出来なかった。

監視センター司令室では、男児誘拐未遂事件の逮捕劇を一部始終防犯カメラを通して録画していた。

男児がN字型で閉じ込められていた乳母車とリアル人形。

容疑者が逃走する男性の逃走経路と劇的な逮捕の瞬間も録画されていた。。

女性は、泣き崩れ観念した表情がドアップで捉えていた。

けたたましい緊急サイレンを鳴らして、パトカーが駐車場ゲートに近づいてきた。

横浜中央警察署員に、男児誘拐未遂事件の男女容疑者を勝一が引き渡し、二人はパトカーに乗せられ連行されていった。

改めて、現場保存のため鑑識課署員による証拠品や痕跡などの写真撮影調査をはじめた。

夢の国横浜ランドパークを所轄する警察官が、現場保存の立入禁止（ＫＥＥＰ　ＯＵＴ）のビニールテープを貼り出し、野次馬の整理に取り掛かっていた。


…………


正修と光一郎は、監視センター司令室の応接室に通されていた。

「失礼いたします。笠原様のお連れ様がお見えになりました」

「お通しして下さい」

「はい、かしこまりました」

心配していた静香とめぐみは、正修たちと一時間ぶりに合流が出来た。

正修と光一郎は、静香たちに向かって両手を顔の前に合わせて謝罪していたのであった。

正修は、ソファーから立ち上がり、

「改めまして、わたしたち全員、麓山中央警察署に勤務しております警察官と事務職員です。

本日はプライベートな日帰り旅行で、こちらの夢の国横浜ランドパークを楽しむはずで来ましたが、思いがけない重大な事件に巻き込まれてしまいました。

わたしたちも出しゃばるつもりは毛頭なかったのですが、成り行きでこのような結果になってしまいました。

本当に、申し訳ございませんでした。深くお詫び申し上げます」

正修は、勝一と晋太郎に向かって頭を下げた。

勝一が、正修に向かって、

「頭を上げて下さい。わたしたちの方こそお礼を申し上げなくちゃいけないのですから……。

万が一、誘拐事件が発生したことを考えると、横浜中央警察署全署員総出で事件解決に向けて奔走《ほんそう》していることが目に浮かびます。

特に、この会場は、横浜市から警備会社に業務委託されているため、どうしても警備などが予算軽減に伴い、安心・安全が手薄になりがちなので、本署との連絡係として交番詰所を設置した次第です。

今回の誘拐事件が未遂で解決されたことが本当に良かったです。本当にありがとうございました」

互いの譲り合う挨拶が終わりかけたとき、晋太郎が話の中に割り込んできた。

「誠に恐縮ですが……。今回の誘拐未遂事件は、どの辺でお分かりになったのでしょうか？」

「はい。この件につきましては、わたしの上司に当たります島本光一郎主任から説明させていただきます」

正修は、光一郎を名指した。

「最初に訂正させて下さい。わたしは、笠原刑事の直属上司ではございません。偶々《たまたま》わたしが、麓山市役所から出向で麓山中央警察署に派遣されたときに、一階級上になっただけです。

警察の勤務年数は遥かに上なんですが、縦社会の矛盾差がここに出ています」

勝一と晋太郎の前で、正修に頭を下げる光一郎。

めぐみは、そんな光一郎の謙虚な姿に胸が締め付けられる思いが苦しかった。

「恐れ入りますが、電源を貸していただけませんか？」

「電源……？　何に使われるのですか？」

「容疑者逮捕まで撮影しておりました携帯電話のバッテリーが切れてしまいましたので、充電させていただきたいのです」

めぐみが事前に預かっていたカバンの中から、充電器コードを取り出し光一郎に手渡した。

「この携帯電話のバッテリーが満杯になり次第、再生したいと思います。この誘拐未遂（？）事件に、疑いを持ちはじめたときから逮捕されるまで撮影させていただきました。この映像とこちらの防犯カメラで収録されております映像を重ねて見れば言葉はいらないと思います」

自信たっぷりに説明する光一郎。

「ありがとうございます。ただ、切っ掛けが知りたいのですが？」

晋太郎は、今後の社員教育の参考資料にしたいがゆえに聞き返したのである。

「切っ掛けですか？　本当は、日帰り旅行の記念として携帯電話内蔵カメラで記念写真のつもりで撮影をはじめました。

そこに、夢の国横浜ランドパークの人気キャラクターのパオが目の前を横切ろうとしていたので、夢中で写真撮影をしていたつもりが動画機能だとは気づいていませんでした。

ところが、一人の女性が多目的トイレから乳母車を片手で引きずって出てきたので、そのままカメラを向けていました。

小さい子どもを乳母車に乗せていれば、子どもに話し掛けながら前に押して行くのが普通ですよね。それがなかった。

さらに、小さい子どもを連れて歩くには、強烈すぎる香水の匂いが気になりました。それと、この会場を楽しむには、動きやすい服装や靴そして小回りの利くもうちょっと小さいベビーカーを想像してしまうのは、わたしだけでしょうか?

乳母車が異常に膨らんでいたことと車体が沈んでいたことも気になりましたので、盛んに防犯カメラに向かって手を振ったりしてメッセージを監視センター司令室に送っていたんですが、気づいていただけませんでした。

それから、わたしの想像で恐縮しているのですが、彼女が少し年配者に見えていたので、途中でお嬢さんと交替するんじゃないかと思って追跡していました。

が、年配の男性と交替したのです。

それも、どこの会場でも絶頂期の時間帯に退場しようとしていることも気になりました。

　ここが、疑惑から事件に発展することが確信に変わった瞬間でした。

　そこから、無我夢中で撮影させていただきました。

　以上が、わたしが追及してきた事件のあらましです！」

「ありがとうございました。

　緻密な目配り気配りと観察力こそが、早期事件解決の糸口に繋がっているのですね。

手に取るように分かってきました。

　また、逸早く応援要請のシグナルをいただいておきながら気づかず、わたしとして恥ずかしい限りです。

　本当に申し訳ございませんでした」

　晋太郎は、光一郎に頭を下げた。

「謝っていただくほど、正確な身振り手振りじゃなかったし、声がこちらに届いていた訳じゃないので仕方がないんじゃないですか？

　誰が見ても防犯カメラに向かって、悪戯《いたずら》しているようにしか見えませんよ（笑）」

　真剣な報告なのに、笑いが生まれた。

「出来れば、これから横浜中央警察本署に出向いていただけませんでしょうか？

特に、島本様たちから、もう一度詳細を報告していただきたいのですが？」

勝一が、光一郎たちに願い出た。

「先ほどもお話しさせていただきましたが、こちらの防犯カメラで録画していたものと、わたしが携帯電話で録画したものを突き合わせていただければ、今日の男児誘拐未遂事件の報告調書は書けると思うのですが、どうでしょうか？」

光一郎は、正修に向かって助けを求めた。

戸惑った正修は、

「大変申し訳ございません。今日は、プライベートの日帰り旅行でもありますので、諏訪前様に一任いたしたいのですが、如何でしょうか？

よろしくお取り計らいのうえ、お願いいたします」

勝一に頼み込むのだった。

「偶然にも今回の事件に関わってしまったことが、管轄外の事件に首を突っ込んでしまったことなんです。

それも、見過ごすことの出来ない偶然な事件に、わたしたちが遭遇したことにより、会場内で警察手帳を翳《かざ》してしまい逮捕に至りました。

処罰に値するルール違反については、こちらの警察署じゃなく、わたしたちが勤務しています麓山中央警察署で受けたいと思っています。

大変ご迷惑をおかけいたしました。本当に申し訳ございません」

正修は、改めて勝一に頭を下げたのであった。

感謝をしなくてはいけない晋太郎は戸惑った。

正修の懇願に光一郎は、警察署間の管轄内外にルールがあることを、初めて知った。

事件・事故などの捜査が発生し管轄外に跨《また》がる場合は、必ず事前申請して承認を得ることが義務付けされていた。

何故か、今回の男児誘拐未遂事件が解決しても、ルール違反に当たるのか否か疑問を抱く光一郎は、弁解の余地がない正修に迷惑を掛けていたことが申し訳ない気持ちになっていた。

もし、あのまま誘拐事件を見過ごしていたならば、今後の捜査方針に大きな駆け引きにまで発展することが予測されたのが……。

事件の内容によっては、全署員総動員に繋がりかねないことも目に浮かぶ正修と光一郎。

「時間も遅くなりましたので、ここで失礼させていただきたいのですが、よろしいでしょうか？」

「少々お待ち下さい。本署に確認の連絡して参ります！」

勝一は、監視センター司令室から本署に確認の電話連絡を入れた。

取り残された正修たちは、室内の時計を見つめた。

麓山市に帰る時間を模索していたのだ。

連絡を終えた勝一は、開口一番、

「お待たせしました。どうしても、署長が二人にお会いしたいと申しております。こちらに、誘導車両を向かわせたとのことです。

大変申し訳ございませんが、本署までご足労願いませんでしょうか？」

正修は、静香たちの顔色を窺った。

静香とめぐみは、プライベートの時間まで奪われていたことで、あまり良い顔はしていなかった。

でも、犯罪を見て見ない振りが出来ない性格の正修と光一郎を、目の当たりにして頼もしく心を動かせられた静香とめぐみだった。

突然、何を思ったのか晋太郎が、

「今日は、本当にありがとうございました。

誠に恐れ入りますが、今お持ちのチケットを見せていただけないでしょうか？」

正修は言われるまま、チケットを光一郎たちから回収し手渡した。

受け取ったチケットの裏面を見直した晋太郎は、

「誠に恐れ入りますが、このチケットはどなたの物でしょうか？」

正修たちは、首を傾げた。

「何か問題でもありましたか？」

すかさず、晋太郎が、

「そうじゃないんです。このチケットには、入場された時間が刻印されているのですが、6時間経過しているにもかかわらず二つの施設しか利用されておりませんでしたので、何か理由があるのかと思いお聞きしました」

思い当たる光一郎は、

「そのチケットは、わたしたちの物です。

超目玉のジェットコースターなど利用したい施設が120分待ちとか条件が重なっていたものですから、時間が勿体なかったのでガイドマップを参考に散策していました。

人の流れを見ていると飽きませんし、楽しいもんですね」

一方的な作り話を話し出した光一郎は、めぐみに同意を求めていた。

光一郎の嘘もここまで来ると、事実として聞こえてしまうのが不思議でならなかった。

正修たちに、愛を確かめ合っていたことなど口が裂けても言えなかった。

晋太郎も、納得していなかった。

「わたしの憶測で恐怖ですが、島本様が犯人逮捕に至るまでの時間を、全て費やしていただいたんじゃないかと思いました」

「ありがとうございます。そう思っていただいただけでも嬉しいです」

光一郎は、晋太郎に頭を下げたところにタイミングよく、

「失礼いたします！」

突然、若き警察官が監視センター司令室に入ってきた。

「笠原様、お迎えに参りました」

警察官に向かって儀礼の敬礼を交わした勝一は、

「わたしが、パトカーに乗り込みますので、その後ろについてきていただけませんか？」

「はい。かしこまりました」

30　横浜中央警察署

横浜中央警察署に車で入場する際、正門管理担当警察官がバリケード柵を速やかに取り除くのだった。

車から降りた光一郎は、目の前の建物の階数を数えはじめた。

ゆうに二十数階以上あった。

勝一は先頭に立って、正修たちを誘導していた。

階層は忘れてしまったが、目の前に木目調の大きな扉が光一郎たちを待ち構えていた。

扉の前には、センサー付き防犯カメラが設置されていた。

勝一が扉の前に立ち止まると、扉が自動で左右に開いた。

「お待ちしておりました。どうぞ、ご足労ですが、こちらまでお越し下さい」

署長室は、ただやたらと広い部屋になっていた。

小石川歩夢《こいしかわあゆむ》署長自ら、光一郎たちを応接セットに迎え入れた。

隣には、林竜一郎《はやしりゅういちろう》副署長も立って待っていた。

署長席の真後ろには警察章が額縁で飾られ、左右には、日本国旗と横浜市旗が並べられていた。

また、署長室の鴨居には歴代署長の顔ぶれが額縁に入れられ氏名と着任年月日が記されて飾られていた。

いずれ、歩夢の顔写真もこの部屋に飾られる時期はそんな遠くないことを、光一郎たちも察した。

勝一は、緊張しているせいか落ち着きがなかった。

「し、し、失礼いたします。

ほ、本日、夢の国横浜ランドパークで起きた男児誘拐未遂事件の逮捕に、全面的に協力していただきました麓山中央警察署勤務の笠原正修巡査長と島本光一郎総務課主任並びに鎌倉静香様と金城めぐみ様をお連れしました。

以上、報告いたします！」

勝一は、声まで震えていた。

のちに分かったことなのだが、歩夢は署員にとって雲の上の人物であり、勝一のように会話が交わせることなど、一生に一度あるか否かの大事な署長になっていた。

震えが止まらなかったことも告白してくれた。

それも、横浜中央警察署に携わる署員が約一万人弱もいれば、長年勤務していれば自《おの》ずと分かるものである。

紹介された正修は、開口一番、

「本日は、管轄以外の職域において挙動不審者が気になりましたので、警察手帳（身分証）を提示して職務質問してしまいました。

また、男児誘拐事件とは知らず、不審者が逃走をはじめたので本能的に追跡し、格闘の末に逮捕に至りました。

本来ですと応援部隊が来るまで、不審者を泳がせようと思いました。

が、夢の国横浜ランドパークから退場しようとしているのが目に留まったので、先回りして警察の基本中の基本を実行してしまいました。

誠に申し訳ございませんでした。深くお詫び申し上げます」

歩夢と竜一郎に深々と頭を下げた。

正修の低姿勢な行動と言葉使いを見て、光一郎たちも揃って歩夢たちに頭を下げた。

「まあまあ、誘拐事件が未然に防げたのは、あなたたちのお陰だと、諏訪前勝一巡査長から報告も受けています。

規則は規則。しかし、規則で計り知れないことが起こり得るのがこの世の中。お陰様で署員を総動員させなくて済みました。こちらこそありがとうの言葉に尽きます。

この感謝の言葉を、先ほど麓山中央警察署の仲谷署長に直接申し伝えました。ところで、立ち話も良いのですが、座って武勇伝を聞かせていただけませんでしょうか？」

歩夢は言い出しっぺの手前、率先して革張りソファーに腰を下ろした。見届けた正修たち四人も、揃って腰掛けたのである。

ただ、勝一だけは直立不動のまま立たされていた。

縦社会では上司から指示がない限り、正修たちと一緒になって座ることなど出来なかった。

署長室の片隅に設置されていたコーヒーメーカーから、女子職員がコーヒーをコーヒーカップに注入しはじめた。

事前に用意しておいたカップ受け皿には、スプーン、シュガー、ミルクがセットされていた。

受け皿にコーヒーを置き、トレイに載せて運んできた。

「失礼いたします」

真っ先に、正修、光一郎、静香、めぐみの順から、歩夢、竜一郎へとコーヒーを置いていくのであった。

なぜか空席のところにも、コーヒーをワンセットを置いて、

「失礼いたしました」

女子職員は、頭を下げあいさつを残して署長室を後にした。

当然、空席に置かれているコーヒーセットは勝一が飲むものと思い込んでいた光一郎は、見事に裏切られた。

「お口に合うコーヒーかどうか分かりませんが、どうぞお召し上がり下さい」

「署長！　武勇伝をお聞きする前に、笠原巡査長に逮捕していただいた容疑者赤月《あかづき》夫婦に関する経過報告を兼ねた詳しい話を、目下尻政司《めかじりまさし》刑事局長からしていただきます。先ほど、本人には連絡しておりますので、いましばらくお待ち下さい」

竜一郎が、歩夢に頼み込んだ。

「了解。コーヒーが冷めないうちに飲みましょうか？」

歩夢が、両手を使って光一郎たちにコーヒーを飲むよう勧めた。

コーヒーに口をつけたところに、

「失礼いたします」

大柄で長身の政司らしき人物が入ってきた。

手元には、部外持出禁止の㊙扱い資料を持っていた。

竜一郎は、政司に向かって、

「ご苦労様。来た早々で申し訳ないが、麓山中央警察署の笠原正修巡査長と島本光一郎主任に、ここまでに分かっている範囲で良いので、男児誘拐未遂事件に関するあらましの報告をして下さい」

「はい。かしこまりました」

政司は、ソファーに座っている正修たちに一礼し、空席に着席した。

はじめて、空席のコーヒーセットは政司のものだったことも知った。

政司は、事前に人数を聞いていた分の資料を配り出した。

書類は、二種類用意されていた。

部外持出禁止の園児誘拐未遂事件㊙資料とメディア各社向けプレスリリースであった。

「プレスリリースは、ここでの報告が終了次第、大会議室で開催されます記者会見会場で一斉に配布する予定です。

ただし、こちらの㊙資料は、記者会見での質疑応答等に対応するための林副署長とわたしたちの手持ち資料となります」

竜一郎は、頼れる政司を満足そうな目つきで見つめていた。

「それでは、部外持出禁止の㊙資料を、早速見ていただきたいと思います。

その前に、こちらで誘拐未遂事件の解決に至るまでの事実関係と裏付けを当刑事局で取りまとめた資料です。

大胆かつ不敵な行動ではあるものの、計画性に乏しい誘拐未遂事件でした。記者会見の最中、誤りや訂正なども出来ません。

そこで、今回の未遂事件解決の大きな切っ掛けを作っていただいた笠原正修巡査長たちからも聞き取り調査を兼ねた資料に追加文として記載させていただければ、当該事件の関係者としても大変助かります。

よろしくご支援のほどお願いいたします」

「はい。かしこまりました。ただ一つだけ、訂正させていただきたいと思います。

わたしの隣にいます島本主任は、日頃から緻密な分析力と観察力で解釈しにくい難事件を解決してきた実績もあります。

今回も、この男児誘拐未遂事件とは思わずに、単なる挙動不審な行動が目に留まり目視しておりました。

それも一回り大きな乳母車にも目を奪われました。

そんな不可解な行動を見抜く力が優れていてる島本主任は、本署でも一目置かれている人物でもあります。

最初から警察官として入署してきた人ではなく、麓山市役所から出向してきた事務職員ですので、決して特別扱いはしておりません。

ただ、難事件が発生するごとに相談に乗っていただこうと思っています。

これはわたしの個人的な考えです。

これからも事件が発生するたびに物事の理を悟り、適切に処理する能力などをお借りして事件の解決に導いていただこうとも思っております」

警察署の規模が違う他署《よそ》の職場で、自慢話する正修だった。

事件を早期に解決して行く手前、正直うんざりしている政司が腕時計を見つめながら、

「大変恐縮ですが、記者会見の時間が迫っております。

わたしどもは、男児誘拐未遂事件の容疑者から聞き出した供述調書をまとめてきました。

ここで、今回の男児誘拐未遂事件を園児誘拐未遂事件に訂正させていただきたいと思います。

今回の容疑者・赤月聡《あかづきさとる》50歳男性とその妻赤月江梨子《あかづきえりこ》45歳。住所・横浜市保土ヶ谷区南希望ケ丘×××。

職業・飲食店経営。店舗名・そば処本味楽。従業員数16名。

誘拐事件に関する一番大きな要因は、世界的な流行に伴う未知なる新型コロナウイルス感染症（パンデミック）が、六億人に達成しております。

全世界を震撼させている未曾有《みぞう》の事件にまで発展しているのが現状です。わが国も、日常生活が一変しております。

ロックダウンはなかったものの緊急事態宣言が発令され、不要不急の外出自粛や在宅勤務（テレワーク）などによる三密（密閉・密集・密接）を守ってもらう制約条件が出た。

真面《まとも》に吹きつける向かい風は、外出自粛や期限付き臨時休業及び営業時間短縮などで半強制的にクローズさせられてしまった。

特に、飲食店経営者を直撃する台風以上のものになっていた。

赤月聡容疑者の供述から、国県や行政からの休業補償や協力店補助金などの名目の給付金を貰っていたが、家賃や諸使用料（水道光熱費）などに消えてしまい従業員に対する給与手当までには回らなかった。

出来る限り、預貯金を取り崩し対応してきたが、長期間の規制で底をついてしまった。

また、家族を扶養している従業員も何人か抱えていたこともあり、精神的に行き詰まってしまい死も意識するようになりました。

意志の弱い赤月聡容疑者は、苦しい生活環境の中で一攫千金《いっかくせんきん》を夢見るようになっていたようです。

ギャンブルの競輪・競馬・オートレース・ボートレースなどに手を染めたくても軍資金もなく、泥棒（窃盗）が手っ取り早いと考えました。

が、同業者も同じように苦しんでいることを考えると、どうしても踏み切ることが出来なかった。

短絡的な考え方からか、裕福な家庭は金持ちも多く困っている姿などは考えづらかった。単純な考えで、お金を拝借することを思いついた。

妻の赤月江梨子からは、猛反対されたものの背に腹は代えられないことでもあり、行動を共に起こすことで決定してしまった。

それでも、数ヶ月間実行計画を考え悩んだ。

最終的な結論として、夢の国横浜ランドパークに来るゆとりある人たちは、わたしたちの苦しみなど分かっているとも思えず妬みを抱くようになりました。

回数券を購入して何回か足を運び、目ぼしい人物を探すようになっていました。それらしき人物は見つかりませんでした。

今日も娯楽施設などを利用することなく、ベンチに腰掛け読書に耽っていた。

突然、可愛い男の子が泣きながら母親を探していたので、やさしく声を掛けた。

隣にいた妻の赤月江梨子に、可愛い男の子を乳母車に乗せ、多目的トイレに連れて行くよう命じました。

その時に、事前に用意しておいた睡眠薬入りの乳酸菌飲料水を飲ませました。

わたしの手も震えていましたが、わたし以上に妻の江梨子の手が震えていました。

睡眠薬入りの乳酸菌飲料水が落ちそうになりましたから……。

後戻りの出来る状態ではなかった。

最初はうまく行っているように思えたのですが、誰かに一部始終見られている感じはありました。

赤月聡容疑者が言うには、今更何を言っても後の祭りで信じてもらえないかもしれませんが、早く逮捕されて良かったと言っていました。

これから先、わたしたちは悪業に走ってしまった後悔と贖罪《しょくざい》が待っていますが、何故か心に楽という文字が現れたことも確かです。

ようやく、枕を高くして睡眠をとることが出来ます。

ありがとうございました、を盛んに口に出していました。

また、別室の取調室で供述している共犯者の妻赤月江梨子容疑者は、しきりに泣きじゃくっているため取調べになりません。

ただ、赤月江梨子容疑者も赤月聡容疑者と同じように、誘拐事件が未遂に終わったことに感謝していました。

また、園児を誘拐された親御さんにも謝罪の言葉を泣き崩れながら発しています。

以上が、赤月容疑者両名から聞き取り供述調査に基づいて作成いたしました」

政司は、竜一郎に対して資料を読み上げながら報告するのであった。

竜一郎は、政司に対して、

「ありがとう。これから開催される記者会見に必要と思われる情報提供資料として、プレス向けニュースリリースにまとめていただいたものですね？」

「まい。これを読み上げていただければ、概ね園児誘拐未遂事件の真相が解明されていると思います」

「了解」

「本来ですと、島本主任と笠原巡査長にも記者会見会場に一緒に出席していただきたいのですが、如何でしょうか？」

　正修は、光一郎たち確認の意味を込めて、

「どうする？」

　光一郎たちは、首を横に振った。

「誠に申し訳ございません。

　わたしたちは、飽《あ》くまでもプライベートの日帰り旅行中なのと、こちらの署に多大なるご迷惑をお掛けしていますので、お許しがいただけるのであれば、このまま帰らせていただきたいと思うのですが？

　万が一、記者会見で質問等が出ましたなら、わたしたちの携帯電話を活かしておきますので、ご一報いただけますと助かります。

　また、わたしたちが一部始終撮影した物的証拠なる映像と音声は、諏訪前巡査長はじめ増子監視センター司令室長に引き継ぎしております。

　出来れば、諏訪前巡査長にも記者会見に出席していただけますと臨場感溢れる逮捕劇を語っていただけるものと思っています」

　正修は、直立不動の勝一の顔を覗いた。

　不安そうな勝一を横目に正修は、

「管轄外の平《ひら》署員が、小石川署長はじめ林副署長の前での生意気な発言お許しいただきたいと思います。本当に、わがままな要請で恐縮ですが、よろしくお願いいたします」

　急に立ち上がり、歩夢たちに頭を下げた。

　それを見た光一郎たちも立ち上がり、一緒に頭を下げたのであった。

「はい、良く分かりました。こちらの勝手な要請にもかかわらず、こんなに遅い時間までお付き合いいただき、ありがとうございました。

　直接、島本主任から武勇伝をお聞きしたかったのですが、後ほど諏訪前巡査長から、園児誘拐未遂事件の逮捕に至るまでの詳細を聞くことにします。

　最後に、赤月容疑者両名は、犯罪に手を染めてしまったことへの後悔と反省から、逮捕されたことに感謝しているとの報告も受けました。

　本当に、大事に至らなかったことに胸を撫で下ろしております。

　本当にありがとうございました。改めまして、お礼申し上げます」

歩夢は、光一郎たちに再度一礼した。

歩夢の突然の行動に、竜一郎も政司も立ち上がって頭を下げた。

緊張している勝一に光一郎たちは、一礼して別れを惜しみつつ横浜中央警察署を後にした。

31　麓山中央警察署

全国五大新聞（日経・読売・朝日・毎日・産経）の一面は、園児誘拐未遂事件をトップ扱いで掲載した。

中でも、事件に携わった人間でしか分かり得ない入手困難な劇的写真が流出していた。

それも、光一郎が携帯電話内蔵カメラで撮影した一部のカット写真だった。

決して、光一郎からマスコミに撮影された写真を提供することなどなかった。

男の子が、N字型に横たわっている乳母車の内部写真である。

光一郎は、驚いた。

だれが、何のために提供したのか不思議でならなかった。

五大紙のタイトルは、

【コロナウイルスが産んだ悲惨な犯罪。体も心も荒む時代に突入か!?】

【コロナウイルス！　犯罪株まき散らす!?】

【園児誘拐事件を未然に防いだ県外の警察官!!】

【園児無事保護も、誘拐と知らず迷子扱いで捜索する!!】

【子どもを隠すなら、乳母車の中へ!!】

地元発行の新聞のメインタイトルは、

【憎きコロナウイルス！　だれにも止められないのか!?】

【わが町の警察官、誘拐事件を未然に終わらせる!!】

【大手柄!!　麓山中央警察署員の活躍で、署轄外の誘拐事件を解決する】

五大紙の系列新聞社は、似たようなタイトルで掲載することが多かった。

…………

署長室から、にぎやかに談笑する声が廊下にまで漏れていた。

「お疲れ様でした。大変だったね。

ちょうど帰り支度をしていたら、突然、横浜中央警察署の小石川署長自ら電話をかけてきてくれたんですよ。

それも、大都市横浜の署長からですよ。わたしよりも階級が上なんですけれど、言葉遣いが丁寧で恐縮しちゃいましたよ。

広域捜査に関する依頼の件での連絡と思いきや、君たちへのお礼の言葉だったわけですよ。

嬉しかったね。他県の署長自ら、お礼の連絡だよ。こんな嬉しいことはないよ。

ありがとう。島本君、笠原君！」

顕太朗は、光一郎たちに向かってお礼の言葉を発した。

署長室に続々と、史彦たち幹部連中が入ってきた。

「おッ、おめでとう。これで、わが署の株が上がった感があるね？　嬉しいね！」

突然、入室してきた幹部連中も口を揃えて、光一郎と正修の勇敢な行動を称賛するのであった。

正直、面白く思ってないのが、静香とめぐみだった。

なぜなら、一緒に行動を共にしていたのに、一切触れられなかったことが寂しかった。

ただ、光一郎と正修が褒められていることが、自分のことように嬉しかった。

「署長！　今回の園児誘拐事件が未遂に終わったことへの高い評価が、笠原君や島本君はもとより、ひょっとしてわが本署も表彰されるのではないでしょうか？

わたしの個人的な見解から、今回のような事件解決は見習うべきところが多く見受けられます。

笠原君と島本君が取った模範的な行動を世に知らしめた功績が、日頃からの警察官教育が徹底していることが理由に当てはまるのではないでしょうか？」

「そうかな？　島本君からの報告によると、偶然にも園児誘拐事件を未遂に防いだ結果じゃないのかな？」

「結果かも知れませんが、犯罪の匂いを逸早《いちはや》く感じ取る気配りや心配りが、未然に防止したのは確かです」

「そうだね。神奈川県警察本部から本部長賞はじめわが県警察本部からも本部長賞が出ることは間違いないでしょう。

わたしからも、麓山中央警察署も署長賞を出す予定だよね。総務部長！」

「はい。近々、全署員を大会議室に招集して表彰式を開催いたしたいと思います。いつものことですが、表彰状と記念品（額縁）を贈呈したいと思っています。

この表彰式は名誉式とも呼ばれているので、報奨金などはありません。日程調整の上、ご相談いたしたいと思います。

また、神奈川県警察本部などからの出席要請が届き次第、署長にも同伴していただきます。よろしくお願いいたします」

上機嫌の顕太朗は、

「はい。了解しました。その節は、日程調整お願いしますよ」

32　署員クラブ［さわたり］

次郎の開口一番のあいさつは、

「めぐみさん静香さん、なかなか取れない署員クラブを取っていただき、ありがとうございます。

大変だったでしょう」

静香は、顔を赤らめながら、

「わたしたち内勤者は、どうにでも調整できるんですけど、外勤者の正修さんたちの不規則な勤務の中で呼びかけは、本当にむずかしかったです。もし、事件などの緊急事態が入ったらキャンセルですものね。

でも、次郎さんや貴公さんたちの日頃の行いが良いから、今日の虹の会に結びついたのだと思います。

こちらこそ、ありがとうございます」

静香が、逆にお礼を言った。

お互いのお礼のやり取りを済ませた次郎が、

「先輩、おめでとうございます。乾杯～！」

「乾杯～！」

グラスの当たる音が、会場を和ませた。

「ありがとう」

誰からともなく、拍手も起こった。

「一つお聞きしてもよろしいでしょうか？」

「……何かな？」

正修は、次郎の問いかけに首を傾げた。

「先輩、覚えていますか？　虹の会で誓いましたよね。年に一回か二回は、夢の国横浜ランドパークに行きましょうって言っていましたよね。正直、今回は抜け駆けですよね？」

鋭い問いかけに、正修は言葉に詰まってしまった。

「……約束は覚えているよ。ただ、今回は招待券の期日も迫っていたことだし、枚数も四枚だったこともあり、みんなには申し訳なかったけど、下見も兼ねて行ってきたつもりだけど。

そしたら、今回の誘拐事件に遭遇したこともあって、夢の国横浜ランドパークを楽しむどころじゃなかったんだ！　分かってくれよ〜」

正修は、自分を正当化するためには、時には嘘をつかねばならないことで、その場から逃れたかったこともあり理解を求めた。

次郎は、留守組の代表として質問していたが、本当は羨ましかった。

「今度は、絶対連れて行って下さいよ！」

「分かった。約束するよ」

「よろしくお願いいたします。

先輩たちの大活躍で、わたしたちも鼻高々です。先輩たちの報告も兼ねた虹の会を開催出来ることが、待ち遠しかったです！」

「今日は、いつもの居酒屋で飲んでいるわけじゃないですから、周りに気兼ねすることなく専門用語を連発できます。誰からも指摘されることもなく話せるんです。

こんなに嬉しいことはないですよ。ねぇ、次郎君！」

次郎は、恥ずかしくて顔を赤らめるのだった。

「目の前の料理をつまみながら聞いてもらえると嬉しいです。

今回の園児誘拐未遂事件の解決も、島本さんの大手柄なんです。わたしの口から言うのも可笑しな話ですが、事件解決のために導かれる不思議な人じゃないかと思うようになりました。

わたしと島本さんとの出会いも、何故か目に見えない磁石に引き寄せられるような運命みたいな巡り合わせを感じているんです。

わたしの個人的見解です。誰も信じてはもらえないと思いますが、偶然にしては話が出来過ぎていると思いませんか？

島本さんには、予知能力が身についているんじゃないかと思える不可解な行動が見受けられるのです。本当に不思議な人なんです」

光一郎は、正修に対して、

「わたしを、あんまり買い被《かぶ》らないで下さい。

偶々、事件に遭遇しただけなんです。今回の誘拐未遂事件も、偶然が重なっての解決だったんです。

内容は、五大紙に掲載された記事を混ぜ合わせると、真実に近いものになっていると思います。

ただ、わたしが不思議に思っていることは、一般的には出回らないはずの㊙資料とか現場写真が堂々と掲載されていることです。

不思議に思いませんか？　誰かが、内部情報を提供しているのではないでしょうか？

前回の覚せい剤取締法違法事件に絡む記者会見でも経験しているのですが、こんなことがあってよいのでしょうか？　ここが、納得が出来ません」

温厚な性格で冷静な光一郎が、はじめて怒りを露《あら》わにした。

見たこともない光一郎の訴えを聞いた正修は、

「島本さん！　わたしも、あなたと同じ考えを当初抱いておりました。言い訳はいたしません。ただ、刑事部に異動して初めて気づかされたことが一つだけありました。

それは、事件解決に向けて刑事部署員以外も動員して、情報収集を手分けして努めていたんです。が、マスコミには様々な怪・難事件に関する情報を得るために、報奨金や懸賞金などの費用を用意し取材することも多々あった。

中には、ガセネタを摑ませられることもあったので、裏どりを兼ねて警察とマスコミの情報交換がはじまったのが切っ掛けでした。表向きの理由や目的などは、謎に包まれているものの事件解決に大きく繫がることも多かった。

しかも、報奨金がほしいがゆえに情報を提供する者もいたことも確かです。

しかし、報奨金を受け取ることを拒否してのバーター取引に応じるようになりました。だから、今回のように㊙資料などが出回ってしまうのです。

時として、全ての市民を代表して言われていることですが、警察官に悪気はないのです。

ただ感情的に嫌われることも多々あります。原因は……？　だから、わたしたちは市民から愛される警察官を目指しているのですが、なかなか受け入れていただけていないのです。

市民とのふれあいを大切にする警察官になりたいのです」

反省気味の答弁に静香は、正修の顔を見つめることしか出来なかった。

盛り上がらない虹の会になってしまったのを気づきはじめた貴公が、

「わたしが言うのも可笑しな話ですが、カラオケ大会でもしませんか？」

次郎も、正修の説得ある話にすっかり納得した形で、可動式カラオケボックスを探しはじめた。

不完全燃焼の光一郎は、カラオケボックスで歌う気分にはなれなかった。

「それでは、言い出しっぺのわたしから歌わせていただきます。

最初は、虹の会を盛り上げたいと思いますので、森高千里の気分爽快を歌います。

聞いて下さい！」

マイクパフォーマンスしながら、貴公が歌いはじめた。

「♬……飲もう　今日は　とことん盛り上がろう……♬」

光一郎には、爽快な歌声も雑音にしか聞こえていなかった。

どうしても納得していない光一郎は、正修に詰め寄っていたのである。

自分も人助けのために行った好意が、頭ごなしに否定され犯罪者扱いにされていたことを、光一郎は思い出していた。

確かに警察官を総動員させていたことは、後に猛反省したのだった。

それでも、相手の言い分をよく聞かずに、最初から一方的に決めつけて係わる警察があまり好きになれなかったことを、正修に話した。

正修は、肩を落として聞き役に徹した。

誰も二人の間に割って入ることも出来なかったので、くららや静香たちは呆れて次から次へとカラオケ選曲して歌い続けた。

…………

マスコミと警察における裏取引の実態を理解した光一郎は、先輩の正修に対して無礼極まりない発言を反省するのだった。

正修は、後輩でありながら鋭い着眼点と行動力などが、事件解決のヒントを醸し出す光一郎とは仕事の相棒の一人になっていたので、別に何も感じていなかった。理解してもらったところで、正修は固い握手を求めた。

握手を交わす二人を見つめた静香とめぐみは、胸を撫で下ろすのであった。

静香は、めぐみに向かって、

「光一郎さんとデュエット曲でも歌ったら？」

ようやく虹の会が和む瞬間でもあった。

33　県立龍尾《りゅうび》ヶ丘公園

一人の女性が草原の中で仰向けに寝そべり、青空に浮かぶ一つの雲に向かって話し掛けていた。

どうして、あなたは立ち止まってくれないの？

どうして、わたしの話を聞いてくれないの？

どうして、あなたは形を変えて、わたしから逃げて行くの？

どうして、どうして？

お願い、答えて！

女性の呼び掛けに答えることなく、自由自在に変形する雲は何も言い残すこともなく去っていった。

悲しかった。

空しかった。

女性は、静かに目を閉じた。

女性の目から涙が、草原に向かって流れはじめた。

涙の中には、女性の思い出がたくさん詰まっていた。

隠された涙の中は、苦しさ涙と悲しみ涙の葛藤がはじまっていた。

ちょっぴり、うれし涙も紛れ込んでいたのだが……。

涙の洪水が出来上がった。

女性は、二度と立ち上がることはなかった。

女性の傍に、ミネラルウォーターが入っているペットボトルと病院から処方された薬が、風に流され草原の中へ。

風で飛ばされた内服薬の氏名には、稲葉恋美《いなばこいみ》と記されていた。

処方箋の用法には、一日一回一錠を寝る前にお飲み下さい。

薬品は、睡眠導入剤で、効力は睡眠薬の中でも最も作用が強いことへの注意書きが赤字で記載されていた。

女性は、睡眠薬を何十錠も飲み込んでいた。

覚悟の上の自殺だった。

穏やかな顔で、旅立った。

遺書などはなかった。

34　恋美との永遠の別れ

光一郎の携帯電話が鳴り出した。

マナーモードにしていたので、音漏れ防止の振動で知らせるバイブレーションになっていた。

携帯電話の表示画面に、友だち枠に登録している高橋敏行の名が出ていた。

「もし、もし。島本です。珍しいどうしたん？」

「今から、逢えないか？」

「どうしたんだよ」

「驚くなよ！　花咲が自殺したらしいんだよ」

「何！　もう一回言ってくれないか？　聞き取れなかったんだよ！」

「あのな、花咲が死んじゃったんだよ！」

「嘘だろう。嘘だって言ってくれよ！」

光一郎の頭の中は真っ白になってしまった。

次の言葉が出てこない。

「もし、もし。光一郎～！　聞こえているか～？」

「……敏行。時間をくれないか？　後で、こっちから連絡するから待っててくれ！」

「分かった。光一郎！　力を落とすなよ。じゃ、電話待っているからな！　元気出せよ。じゃ～な」

光一郎は、携帯電話を強く握り締めて、自席に崩れ落ち放心状態に陥っていた。

目からは、自然と涙が零れ出た。

光一郎の涙姿を目の当たりにしためぐみは、声を掛けられるような状態ではなかった。

なぜだか、めぐみももらい涙が流れたのであった。

光一郎は、過去の思い出が走馬灯のように蘇ってきた。

将来を誓い合った学生時代。

元気で大学生活を送っているものと思っていた矢先に、政略結婚して他人《ひと》の妻になってしまったことを敏行から聞かされていた。

ショックだった。

聞かされた当時は、後ろから鈍器で殴られたような衝撃が走ったのを思い出していた。

結婚しても、恋美の相談相手になってあげられていなかったことを悔やんでいた。

何回か、光一郎の家近くまで訪ねて来ていたことも知っていたが、逢えなかったことが残念でならなかった。

光一郎には、花咲家を守ってあげられる財産（金銭や土地・建物など）や地位もなければ人徳もない学生時代。

だからと言って、恋美と駆け落ちする勇気もない弱々しい自分もそこにいた。

当時を振り返ると、愛や恋だけでは生活出来るものとは思っていなかった。

何事においても、生活するには蓄えやゆとりが一番と考えていた光一郎がいたことも確かだった。

まだ、光一郎は若かった。

でも、死を選ぶ勇気があるのなら、もう一度人生を立て直すチャンスもいっぱいあったはずなのに、放棄する弱い心が勝ってしまったことが悔やまれてしょうがなかった。

声を大にして叫んでも、恋美からの返事は返ってこない。

恋美は、学生時代の良き思い出をひとり占めして、持ち去ってしまったそんな気持ちにさせられていた。

悔しくて、また涙が流れ落ちた。

35　手紙

涙が涸《か》れ果て窶《やつ》れ顔で帰宅した。

優しい小春が出迎えてくれた。

「お帰り～。遅かったんだね。ところで、光ちゃん顔色悪いけど、何があったの？」

「ただいま。今、走って帰ってきたから顔色が優れないいんじゃないのかな」

嘘をつく光一郎。

「今日、高校の友だちと食事を済ませたから、晩ご飯は良いよ」

「珍しいね。誰と？」

「高橋君だよ」

「えッ、本当？　今度連れておいでよ。うまいもの作って待っているから、連れてくる前に連絡だけはちょうだい」

「分かった」

「あッ、そうそう。稲葉さんから、手紙が届いているわよ」

Ａ６判の角封筒が、小春から手渡された。

手紙の消印日は、自殺の二日前のものだった。

動揺しているせいか、手の震えが止まらない。

驚いた小春が、優しく声を掛けた。

「どうしたの？」

「…………」

光一郎は、手紙を持って自分の部屋へ消えた。

『ヒカルさん、お元気※すか
と書くのも可笑しいですよね
いまや、ヒカルさんは時の人ですものね
笑顔のヒカルさんが掲載され※いる新聞などを切り抜いて整理しています
本当に、わたしの手の届かないところに行ってしまったのね
淋しく感じる今日
わたしは、元気ですとは言えない事情があります
わたしは、ヒカルさんを裏切ってしまいました

どうしても、ヒカルさんに過ちを詫びなくてはいけないことを隠していました
いくら両親からの政略結婚と※言え、当時は家族や従業員を守らなくてはいけない切実な家庭環境でした
いの一番に、ヒカルさんに相談が出来なかったことが、悔やんでも悔やみ切れません
わたしたちは若かったのです
ヒカルさんから、同情をいただいても結論は出なかったと思います
でも、ヒカルさんのお嫁さんになり※かったです
わたしは、島本恋美を名乗りたかったです
ヒカルさんとわたしの間には、子どもが一姫二太郎を授かっていて、貧しくとも笑顔が似合う楽しい生活を描いていました
あの夢は、どこへ消えてしまったのでしょうか
いまでは、ヒカルさんが毎日のように、わたしに逢いに来てくれています
だから、ヒカルさんの顔を見ない日はありません
夢の中ですけどね
無性に逢いた※なると、いつも星に願いをしています

そんな毎日の繰り返し
睡眠不足が続き、薬を頼るようになりました
このまま、眠りから覚めないよう願うことも多くなりました
わたしの人生は、ヒカルさんに巡り合い、淡い恋を※て〝さようなら〟だけを残して旅立つことにしました
ヒカルさんに、別れを告げないまま旅立ちます
寂しいです
悲しいで※
空しいです
この世に、疲れました
わたしの傍に、ヒカルさんがいたならば死など考えなかったでしょう
もう一度、ヒカルさんの優しい笑顔が見たかったです
そして、ヒカルさんの熱き口づけを受けてから旅立ちたかった……
でも、この手紙が届くころは、わたしは天の星になって、ヒカルさんに向かって輝いているのでしょうね
日中は見えませんけど、夜はしっかり見えるように輝き続けます

わたしは遠くへ旅立ちま※が、わたしの分まで幸せになって下さいね
短い人生でしたが、ヒカルさんと逢えたことが、とても幸福でした
今日から、稲葉と島本と花咲の傘を捨てることにしました
いつも、わたしのわがままを聞いていただき、ありがとうございました
ヒカルさんの永遠のお幸せを、天からお祈りいたしております
わたしの大好きなヒカルさん、さようなら　ミイコ』

恋美の遺書めいた手紙を、一字一句噛み締めながら読み上げた。

手紙の所々で、文字が薄くぼんやりしている箇所が幾つもあった。

涙で消された※文字を復元しながら読み返すのだった。

光一郎は、恋美が書き残した文字を一文字一文字なぞりながら、手紙を読む辛さは、だれも理解してくれないだろう。

特に、二人だけで取り決めた幻の愛称名が記されていたことで、学生時代が蘇ってきた。

止めどもなく流れ落ちる涙を止めることは出来なかった。

後悔の念にかられる光一郎。

頭の中は、楽しかった学生時代の思い出が走馬灯のように蘇ってきていた。

幾ら口約束ではあったにしても、将来一緒になることを誓い合っていたことが、一瞬頭の中を過った。

自責の念に駆られる光一郎。

小部屋の窓を静かに開け、星空を眺めた。

涙は、止まらない。

一番光り輝く星に、

「ありがとう！」

の言葉を添えて手を合わせた。

恋美が、こちらに向かって手を振っているように見えたので、光一郎も大きく手を振って答えた。

声を張り上げることはなかった。

悲しい後ろ姿だった。

36　心技体を鍛える

職場に出向くも、恋美のことで心を奪われてぼんやりしている光一郎が、あまりにも可哀そうで見るに堪えないめぐみは、正修に相談した。

「光一郎さんを、何とかならないの？」

「う〜ん。ちょっと重症だな。

好きだった人が自殺したって言うんだからな……」

「そんなこと言っても、人間だれしも耐え忍びながら乗り越えて行くんじゃないんですか？

光一郎さんだけの問題じゃないと思うの？　そうよね。静香！」

「ごめん。わたしもその人の環境や立場が分かっていないから、はっきりした答えは出せないわ」

「ずるいわ。みんな逃げているようで悲しいわ。そうでしょ〜。良い時は持ち上げて、悪い時は素知らぬふりして逃げるように離れていくの？」

「じゃ〜。どうすれば、めぐみは納得してくれるの？」

「分からないから聞いているんじゃないの？」

荒々しいめぐみと静香の声が、光一郎の耳もとへも届いていた。

ありがとうの言葉を言いたかったが、声にならなかった。

悔しかった。

自分の意気地ない姿が、みんなに迷惑をかけていることも悟っていた。

「…………」

「そうだ。みんなで集まって解決策を模索しようじゃないか？」

正修が、心強い言葉を掛けた。

「昼休みに、光一郎くんを除いて屋上に集合〜！」

…………

屋上に、光一郎を除いた虹の会メンバーが集まった。

「俺、良いこと思いついたよ。聞いてくれる？」

正修が、いの一番に言い切った。

「若者が、すぐ涙を出して悲しむこと自体可笑しくないか？

心が痛んでいる証拠だと思うが、どうかな？

この世を去った人は、もう二度と帰ってこないぐらい分かっていると思うんだが、どう思う次郎君？」

後輩の次郎に向かって問うた。

次郎は、何にも考えていなかったし、答えも用意していなかったので、戸惑った。

「勿体ぶらないで、早く教えてよ」

静香が、苛立ったような荒げた声で問い詰めた。

「分かった。今、彼は、心と体と精神的なバランスが崩れているので、鍛える必要があると思うんだよね」

「鍛えるって、どうやって？」

「これは、おれの一方的な考えなんだけど、落ち込んでいる彼の心身を鍛え込んだり技能を磨いていただくための武道は、どうだろうか？」

「武道って、何をさせるつもり？」

「そうだなあ。剣道かな？」

「剣道？」

「そう、剣道だよ。知力や推理力は彼には及ばないものの、唯一教えられるものを探してみたら、一つだけあったんだよ」

正修は、剣道二段の有段者だった。

「剣道は、忠誠や勇気に加え、礼節や敬神を重んずるスポーツであることは、みんなも知っての通り。

彼に防具をつけてもらい、精神面を鍛えるに最適化と思うんだけど、どうかな?」

「わたしは、反対です。これ以上、光一郎さんを追い詰めることは、どうかしら?」

めぐみが、涙を流しながら訴えた。

「じゃ〜、彼の気力を奮い立たせるために、どうしたら良いのかな?

このまま、そっとしておきますか?

どうしますか?」

「…………」

「もし何もなければ、わたしの方から彼と話し合いを進めたいと思います。それで良いですか?」

貴公と次郎は、正修の考えに賛同した。

…………

めぐみたちは仕事終業後、武道場の中に自然と集合していた。

武道場には、剣道防具一式（手ぬぐい・面・甲手〈小手・籠手〉×二個・胴・垂《たれ》）

が置かれていた。

垂には、長谷川の苗字が刺繍されていた。

正修は、武道場で正座して光一郎を待っていた。

いつも凛々しい姿しか思い浮かばない光一郎が、ひどく落胆している姿が痛々しかった。

光一郎は、小さいころ木の枝を片手にチャンバラするぐらいで、本格的に竹刀を持って戦ったことなどなかった。

剣道の着付けは、次郎に任せられていた。

光一郎は、着せ替え人形のように、されるがままに胴衣に袖を通し、袴《はかま》に足を通すのであった。

次郎は、光一郎の体に垂を腰に巻き胴を身につけさせながら、正修の向かい合わせるようにして正座をさせた。

面をつける前に、汗が滴り落ちないように頭に手ぬぐいを強く巻いて、上から面を取り付けた。

光一郎の凛々しい姿が出来上がっていたのだが、横から見ると体が丸く見えていた。

剣道着姿の貴公が、遅れて武道場に入ってきた。

正修は、竹刀を持って静かに武道場の中央へ。

次郎は、光一郎の耳元で囁いた。

光一郎も、竹刀を持って武道場の中央に向かった。

中央では、貴公が待っていた。

中央の定位置についた光一郎に向かって、貴公が囁いた。

今日は、初心者の光一郎を一から指導するよう、正修から貴公に依頼されていたのである。

「光一郎さん！　好きなだけ竹刀を振り上げて、正修先輩に打ち込んで下さい。まずはじめに、お互い蹲踞《そんきょ》し、剣先を合わせて立ち上がり試合が始まります。心の準備は、よろしいですか？」

静かに、儀式に従った剣道を開始する声が道場に響いた。

「はじめ！」

光一郎は、思い切って竹刀を振り落とした。が、直ぐに竹刀を掃われた。

正修は、攻撃することなく受け身に徹することを誓っていた。

力の籠った打ち込みは、光一郎の心の叫びと思い受け止めるのだった。

「バシッン！　バシッン！」

「バッチン！　バッチン！」

武道場に、竹刀のぶつかる音が響き渡っていた。

幾ら、竹刀の衝撃を分散しようとしても、大人の打ち込みなどは子どもと違って体に負担が掛かっていたこともあり、隙のある面や胴、小手などを打ち返すことに、正修は心掛けていた。

「メ〜ン！」

「ド〜オ〜！」

「コ〜テ〜！」

時々、光一郎の竹刀が床に落ちることも多々あった。

静まり返った道場の中は、掛け声と竹刀の音だけが反響していた。

天井の照明が、光一郎の面の中に差し込んだ時、光り輝くものを正修は感じ取った。

光一郎の涙だ。

光る涙は、正修に訴えていた。

もう少し鍛えて下さい、の涙であると確信した。

いま正に、恋人の恋美を忘れようと必死に悶え苦しんで手足を動かしている姿は痛々しかった。

途中で、休息を申し出ても光一郎は黙々と続けた。

苦しいのだろう。

悲しいのだろう。

忘れたいのだろう。

正修も、健気な光一郎の姿を見ながら、もらい泣きしていた。

もらい泣きは、汗に振り替えていた。

周りで見ていためぐみたちは、貴公に詰め寄った。

「いくら何でも、剣道の練習厳しくない？　光一郎さん、死んじゃうんじゃゃない？

止めさせてよ〜！」

淑《しと》やかなめぐみが、初めて声を荒げた。

くららと静香は、驚いて顔を見合わせた。

貴公が、光一郎と正修との間に入って、

「止め〜！」

正修が、見本を見せるかのように蹲踞し、剣先を合わせ、竹刀を腰もとに収め後退《あとずさ》りしながら場外へ。

静かに面を外すと体の湯気が、道場に流れた。

湯上がりの湯気よりも強烈な匂いが、めぐみたちの鼻を刺激していた。

手ぬぐいは、汗と涙を隠す魔法の布だった。

めぐみたちが、光一郎の前に集まって、

「大丈夫！　痛くなかった？」

「みんなありがとう。ご心配掛けました。もう、大丈夫！剣道って奥が深いんですね。これからもよろしくお願いします。正修さん、ありがとうございました」

元気を取り戻した光一郎を見つめて、めぐみが涙した。

不思議に思ったくららは、次郎たちに目で合図を送った。

光一郎の汗と涙は止まることはなかった。

光一郎は、はじめて気づかされた。

それは、自分勝手に思い込んでいたことが露呈していたことだ。

何事に於いても、他人に迷惑を掛けなければ、自由気ままに生活が出来ると思い込んでいた光一郎。

光一郎は、大きな怪我《けが》や病気などすることなく、順風満帆な人生を歩んできたのが、逆に自信に繋がっていた。

ところが、人生初めて身近な恋美の死に直面して、心の動揺と体の震えが止まらなかった。

精神的ダメージからか仕事に集中出来ず、周りに迷惑を掛けていることすら気づいていなかった。

自分を責め続ける光一郎の姿を見た正修たちは、何とか力になりたかった。

これ以上、ナイーブな光一郎に堪え得る気力がないことを考えると、この先精神的に鬱《うつ》が襲い掛かり、死を選ぶ可能性も無きにしも非ず。

正修が見兼ねて、武術の剣道へと誘ったのである。

光一郎には、特定の友だちも数えるくらいで、自分のことを相談することなく聞き役に徹していた。

親しい友だちはいなかったが、唯一、恋美だった。

子どもの頃から他人に頼らず、自分ひとりの力で本望を達成するよう、小春から言い聞かされていたのだ。

今日まで、誰の力も借りずに生きてきたプライドだけが、光一郎の中に残っていた。

ここに来て、自分のことのように心配してくれる仲間が身近にいたことが、本当に嬉しかった。

これからは、仲間に迷惑が掛からないように、本音と建前を使い分けすることなく本当の気持ちを語れるように、光一郎は誓うのであった。

自然と涙が流れ落ちた。

37　人事刷新と電撃発表

期限付き条件の人事異動も、光一郎だけは麓山市役所に戻れることはなかった。麓山中央警察署長から、直接、麓山市長へ掛け合って光一郎を獲得していたのである。

光一郎は、今回の数々の大手柄によって総務部総務課係長勤務を命じられた。

秋季人事異動発令式では、大きな動きがあった。

渡邊署長の後任に、隣市の勝間田響輝《かつまたひびき》が副署長から昇格して着任してきた。

また、三村総務部長の後任に、雀之宮刑事部長が内部異動で着任した。

雀之宮刑事部長の後任に、福島警部補が警部に昇格した。

定年退職された田中会計課長の後任には、新人が起用された。

内部昇格は、われわれ虹の会メンバーの笠原巡査長が、管轄外の事件解決が評価され巡査部長に昇格していた。

…………

「今日は、光一郎さんの係長と正修さんの巡査部長のダブル昇進祝いの会を開催いたしま～す。おめでとうございます。乾杯～！」

「乾杯～！」

グラスの当たる音が、小部屋に響いていた。

「おめでとうございます！」

「ありがとう！」

「ありがとうございます！」

自然と拍手が沸き上がった。

「嬉しいなあ～。この虹の会から同時に二人の昇進者が出ましたよ。鼻高々です。これ本当は、ドッキリじゃないですよね？」

小部屋の中は、爆笑の渦に包まれた。

「この一年、色々ありましたよね？

振り返ると、覚せい剤取引絡みの殺人事件や園児誘拐未遂事件などなど。

時には、犯罪者との頭脳合戦。

痺《しび》れましたね。

後ほど、光一郎さんと正修さんにはインタビューさせていただきますので、目の前の特別料理をご賞味下さい」司会進行も、上手に熟《こな》すようになった次郎。

……………

宴会が盛り上がっている最中、正修が立ち上がった。

「みなさんに、嬉しい報告があります」

急に立ち上がった正修に視線が集まった。

「前回、次郎くんから指摘されておりました抜け駆けの件、覚えておりますか？」

恥ずかしさのあまり次郎は、顔を赤くし頭を掻き出した。

「先日、横浜市から感謝を込められた夢の国横浜ランドパークの招待券が五組届きました。

従って、この招待券を持って虹の会メンバーで、夢の国横浜ランドパークに出向きたいと思います！　反対する方はいらっしゃいますか？

ただし、出発に関する日程調整は、これから検討させていただきます」

「反対なんかする奴は、いないでしょう？　喜んで参加したいと思います！」

次郎が、みんなの顔を見ながら賛同するよう合図を送った。

拍手が沸き起こった。

正修は、光一郎に立つよう手を上下させて合図した。

光一郎とめぐみそして静香も立ち上がった。

「みなさんに大事な話があります」

畏《かしこ》まった言い方に貴公たちは、お互いの顔を見合わせた。

「この度、合同結婚式を挙げることになりました！　みんなには、内緒にしていたことお詫び申し上げます。

どうしても、お互いの婚約が調《ととの》うまで時間が掛かりましたので、報告が遅れてしまいました。申し訳ない。

みんなも知っている隣の静香さんが、ぼくの奥さんになります。

これからも、みんなの協力なくして、わたしたちの幸せはないと思っています。よろしくお願いいたします！」

照れながらも正修が報告を果たし、静香と共に頭を下げた。

次郎たちから、お祝いの拍手が鳴り出した。

拍手が鳴り止むのを待った光一郎とめぐみは、みんなに向かって深々と頭を下げた。

「みなさんに報告したいことがあります。

今日《こんにち》のわたしは、みなさんたちの支えがなかったなら、未知なる結婚などを考えられませんでした。

恩人のみなさんの全面協力があってこそ、今回のような結婚に繋がる話などなかったと思います。切っ掛けを作ってくれたみなさんには、頭が上がりません。

未熟なわたしを、ここまで陰日向になって支えていただいたのが、隣にいるめぐみさんでした。特に、元彼女の死に直面した時の励ましは計り知れません。

この時、わたしは決心しました。この人とならば、悲しいことや苦しい時こそ助け合い励まし合って楽しい生活を築き上げられるとの思いで、人生設計図を作り上げることが出来ました。

人生は、決して順風満帆に行くことはありません。

これからは、みなさんの力をお借りしなくてはなりません。ご指導・ご支援のほどよろしくお願いいたします。

最後に、わたしたちの愛のキューピッド役を買っていただいた静香さんには、改めて感謝いたします。ありがとうございました」

めぐみは、目頭が熱くなり涙が流れ落ちた。

「エ～エッ、めぐみさんも！　いつから？　そんな仲になっていたんですか？

単なる友人の死が切っ掛けで、そんなに急接近して結婚に至るまで発展するなんて考えられないんですけど？」

真面目に話す光一郎を冷やかすように、貴公が冗談交じりに質問した。

本来ならば、階級が上の者に対してのプライベートな質問はご法度なのだが、気心が知れた恩人である仲間からの質問は、丁寧に答えるよう光一郎は心掛けていた。

「わたしの話は真剣に聞くほどでもないので、目の前の料理を摘みながら聞いて下さい。

わたしとめぐみさんは、こうなる天の命《めい》によって、めぐり合わせられたものと思います。

どうしてかと言いますと、わたし自身、麓山市役所に入所したものの麓山中央警察署に出向《しゅっこう》させられるとは思ってもいませんでした。

それも、警察署は、学生時代の苦い経験からトラウマになり馴染めない職場の一つになっていましたから。

神の悪戯《いたずら》です。偶々、助勤として着任した場所で、事件と遭遇してからというもの、他人のことだと等閑《なおざり》に思ってはいられないことに気づきました。正直、警察の魅力に取りつかれてしまいました。

当時、新参者のわたしには、力強いたくさんの先輩方が控えていてくれたおかげで、自由に思うままのびのびと立ち振る舞うことが出来ました。

ただ、誰しも同じことが出来ると思わないで下さいと、正修さんから釘を刺されていました。

特に、一番大きな理由は、みなさんと出逢ったことで人生の伴侶まで射止めることが出来ました。

ここまでに至るまでには、みなさんのご支援とご協力の賜物と感謝いたしております。本当にありがとうございます。

これからもご指導のほどよろしくお願いいたします」

光一郎の報告も兼ねたあいさつが終わり、正修たちも所定の席に座りかけたところで、くららが手を挙げた。

「おめでとうございます。一つ聞いてもよろしいでしょうか？」

正修と光一郎が顔を見合わせた。

「わたしも、いつの日か結婚できる日が来ることを夢見て頑張っておりますが、めぐみさんのようになりたいのでお聞きしてもよろしいでしょうか？」

突然の名指しに驚いためぐみは、光一郎の顔色を窺《うかが》った。

「めぐみさんとわたしの家族構成が酷似しているものですから、少しお聞きしたいのですが？

それは、わたしもめぐみさんも共に同じ姉妹《しまい》で、お互い長女。

わたしの両親は、家督を継ぐのは長女と決めつけているの。

今の時代にそぐわない時代遅れの古い考えの父親で、いつも口論になってしまうんです。妹は、自由になりたいがゆえに、家の跡目を相続するつもりはないとはっきり言ってきます。

わたしに押し付けてくるのですが、めぐみさんはどんな方法で解決したんですか？教えていただけませんか？」

それを聞いためぐみが立ち上がろうとしたのを、光一郎がそれを制止して立ち上がった。

「先ほども正修さんが冒頭言いましたが、婚約が調うまでの時間が掛かってしまったのは、わたしたちの所為《せい》でもありました。

正に、くららさんの問いかけは家督の相続の件かと思いますが、正直わたしたちも悩みました。くららさんと、全く同じ境遇のめぐみさん家族も悩んだみたいです。

特に、母一人子一人のわたしを好きになったことで、家族会議を何回も重ねたそうです。

結論から申し上げますと、妹のあゆみさんから心強い言葉をいただきました。金城家の家督を継いでくれることを、みんなの前で宣言してくれたのです。嬉しかったです。

めぐみさんは、隣で泣いていました。ただし、名字を変えない限り、遠くに新居を構えることなく、近くに住んでくれるよう要請がありましたので、母親と相談した結果、勿論、快く承諾させていただきました。

ここまで来るには、順調に物事が運ぶとは限りません。

逆風に遭《あ》ってこそ、自分の得意とする本領を発揮することで、自然と力が身に付き自信に繋がるのではないでしょうか？

何事においても、ご家族が納得していただくまで話し合いを続けることが大切じゃないかと思うのですが？

これればかりは、みんなから祝福されてこそ晴々とした新生活が始まるんじゃないですか？　悔いを残してほしくはないんです。

わたしたちは、くららさんに全面的に協力することを誓います。

何でも、相談に乗ります！」

光一郎の説得ある話に、次郎たちも手を止めて聞き入っていた。

「ありがとうございます。まだ、恋人もいないわたしの質問に、丁寧な説明に感謝いたします」

くららは、目の前にいるめぐみの幸せな様子を見て、自分もみんなから祝福されるような結婚式を挙げることを、心に誓い頭を下げたのであった。

「ところで、合同結婚式をされるって聞いたのですが、どちらでされるのですか？新婚旅行は、ハワイ島ですか？」

矢継ぎ早の質問に、正修と光一郎は顔を見合わせた。

光一郎は、先輩である正修に身振り手振りで譲るポーズを示した。

「みんなも知っての通り、コロナウイルスが蔓延して、全世界を恐怖のどん底に突き落としている今日。国からの自粛要請も出ている今、コロナウイルスの終息宣言が出るまで控えようと思っています。

ただ、挙式する場所は、県警共済会館を予定しています。

みんなにも、出席していただこうと思っています。その節は、よろしくお願いいたします。

新婚旅行ですが、ハワイ島じゃありません。詳しい話は、光一郎さんから説明してもらいましょう！」

バトンタッチを受けた光一郎が立ち上がり、

「新婚旅行も、コロナウイルス感染症が落ち着いたところで、トルコ共和国に行きたいと思っています。

わたしと正修さんとの間で共通している知人である、トルコ国でチェリー栽培を一手に繰り広げている大農園のオーナーであるバシャール様に六年ぶりに会いに行くことで相談して決めました。

当時、大変お世話になった通訳のエルダー三本松様を通して、滞在期間中に必要なビザなどの申請をお願いしようと思っています。

もしかすると、トルコ語が話せないわたしたちを不憫《ふびん》に思ったエルダー様が、案内も兼ねて一緒に同伴してくれるんじゃないかと勝手に思い込んでいます。

今は、心強い味方も一緒なので本当に安心しています。

ただ、コロナウイルスが蔓延している最中、世界各国に於ける入出国規制条件が厳しくなっているせいで、各国とも国営航空会社の飛行機などが減便や中止で、観光客も激減などで経済・財界に大打撃が生じています。

これもあれもあの事件も解決してきた全て、コロナウイルスという魔物に取りつかれたことで、凶悪な犯罪が急激に増えています。

わたしたちの願いは、ただ一つ。一日でも早く事件・事故などを未然に防ぐことで、市民の信頼を得ることが最優先課題じゃないでしょうか？

他人事のように話していますが、今わたしに出来ることは、みなさんが市民の安全・安心をしっかりサポート出来るよう、内勤者として全面的に協力することに努めたいと思っています。

的外れな答えしか出来ませんでしたが、いずれもみなさんの力にはなりたいと思っています」

光一郎は、めぐみの顔を窺った。

涙顔が消え、笑顔が戻っていたことが嬉しかった。

光一郎は、あいさつの後各自の席に出向きお酌をするのだった。

それを見た正修も、ビールをコップに注ぎ足して回った。

ようやく、酒の宴が盛り上がってきた。

…………

夜空に輝く星を見つめた光一郎は、一番光り輝く星に向かって手を振りはじめた。

急に、手を振り出した光一郎を見て、

「どうしたの？　何が見えるの？」

「あの一番光り輝いている星が、恋美の星だと思うので手を振るようにしているんだ。あの星からも、こっちに向かって手を振るのが見えるんだ。可笑しいかな?」

指さすところに、一番輝いている星が一段と輝き返しているようにも見えた。

めぐみは、静かに目を閉じ一番輝いている星に向かって、両手を合わせ祈りはじめた。

「これから、光一郎さんと一緒に幸せに暮らしていきます。躓《つまず》きそうになったときは、新しい光を注いで下さい。よろしくお願いいたします」

星から、感謝に似た光が点滅しはじめた。

改めて二人は、星に向かって大きく手を振った。

そんな二人の姿を、月光が照らし影を道路に映し出していた。

めぐみは、光一郎の手に指を絡め強く握り締めて帰路についた。

光一郎は、恋美に捧げようとしていた未来設計図を、めぐみと共に完成させることを心に誓った。

…………

突然、署内に取り付けられているスピーカーから、緊急事態発生の放送が流れた。

「緊急指令！　緊急指令！　麓山信用金庫の現金輸送車襲撃事件発生！

繰り返します。麓山信用金庫現金輸送車襲撃事件発生！

場所は、はなさき醤油醸造所跡地路上で襲われたとの連絡あり！

繰り返します。場所は、はなさき醤油醸造所跡地路上で襲われました。

至急、現場に急行して下さい！」

慌ただしく廊下を駆け抜ける正修に、光一郎が激励の言葉を掛けた。

「市民の安心安全を守るために、気を付けて頑張ってきて下さい！」

「は～い、頑張ります。行ってきま～す～！」

完

あとがき

この物語を制作するに当たって、どうしても世界各国を震撼させた感染症（世界各国地域感染者数・五億人超え）の新型コロナウイルスを切り離して考えることなど出来ませんでした。

なぜなら、わたしたちの日常生活が激変したことが不安でならなかったからです。

在宅勤務（テレワーク）や不要不急の外出自粛に伴う緊急事態宣言などが発令され、身動きの取れない異常事態にまで発展してしまったのが切っ掛けでした。

救ってほしいと手を差し出しても、誰ひとり拾い上げてくれる人はいませんでした。焦りました。

苦しかったです。

悲しかったです。

特に、きわめて規模の中小な企業や身近な飲食店業など軒並み経営が成り立たなくなり、廃業や倒産などに追い込まれ失業者や離職者が続出してしまいました。

自分自身に迫る苦痛や危機感から、生活が行き詰まって余裕のない現実に――。

遂に犯罪などに手を染めてしまう族《やから》まで現れたのです。

ここに来て、貧困や格差社会が明確に浮き彫りになりました。

人情味豊かな主人公が、母ひとり子ひとりの生活の中で、逞しく生きぬくすべを学び、前へ進む姿を描いてみました。

順風満帆の中、はじめて味わう挫折と恋人の死などから立ち上がるまでの友情物語にもなっています。

タイトルの［風船は、しゃぼん玉の中へ］は、【木を隠すなら森の中】をモチーフに考えました。

物を隠すとき、同種類の物が集まっている中に紛れ込ませる安全な場所を指すことから、この物語もコミカルに描いてみました。

本来、事件・事故などで緊迫している警察署内では、荒々しい言葉が飛び交うのでしょうが、この物語は主人公を中心に優しい言葉遣いで、和やかな職場として仕上げてみました。

場面①では、悪知恵が働く犯罪者が選んだ安全な場所が警察署でした。

［覚せい剤を隠すなら、警察署の中へ］

安全な場所である警察署内に覚せい剤を置いておけば、覚せい剤を取り扱っているライバルたちはもとより手が出せない絶好な隠し場所です。

ただし、覚せい剤を隠すには手を貸してくれる協力者が必要となり、金と脅迫で署員を巻き込み、マインドコントロールも忘れていなかったのです。

場面②では、生活に困った夫婦が選んだ犯罪が、幼児誘拐事件だったわけです。

［幼児を隠すなら、乳母車の中へ］

違和感のない乳母車に園児を誘拐して隠し、人ごみの中に紛れることで、完全犯罪を計画したのですが……。

事前に幼児を誘拐するために、少し大きめの乳母車を用意し二重底にまで改造していたのです。

抵抗することもなく逮捕された夫婦から返ってきた言葉が、誘拐未遂で良かった。犯罪をしておきながら、珍しく感謝の言葉が出てきたのが不思議でならなかった。

生活に困窮した事件・事故が多く、全てコロナウイルスが巻き起こす人騒がせな物語になっております。

事件の謎解きもさることながら、人間模様を介して絆を深めていく物語にもなっております。

最後に、大変心苦しい話で恐縮ですが、今までは東日本大震災基金並びにコロナウイルス医療基金へ微々たる売り上げ印税を、新聞社福祉事業団を通して全額寄付させていただいておりました。今回は違います。

今回から、ウクライナ支援金として、少しでもお役に立てていただければ嬉しいので、新聞社を通して全額寄付させていただきます。

今は、マスメディアのモニター越しではありますが、ロシア軍がウクライナ国の罪のない一般市民を巻き込んでの悲惨な戦争を見せつけられ、腹立たしい思いで心を痛める毎日です。怒りは、頂点に達しております。

また、何も出来ないでもがき苦しんでいる情けないわたしを知ってか、尊敬する知人の鯖江友朗先生が作詞した素晴らしいメッセージが届きました。

掲載させていただきます。

『令和の狂歌』

♪日々の銃声　市民が嘆く
国境超えるは　戦車の響き
あの町この町　灯りを消して

凍り付くような　残虐さ

故郷離れて　はるばる千里
命令服従　市民を狙う
幼い時の　心を忘れ
手当たり次第に　銃を撃つ

今日の悪行　明日も続く
Zを書きつつ　懺悔はなし
赤い夕陽が　血の海照らし
他国に残す　爪の跡

行方知らない　無謀の賭けが
無辜《むこ》の人たち　苦しめる
帰国したとて　お前の所業
七〇億人　忘れない♪

一方的にロシア軍が、ウクライナ国に侵攻し破壊攻撃などを開日した日ですから……。

わたしたちは、令和四年二月二十四日木曜日を、決して忘れることはありません。

未来ある若者たちの夢を、土足で踏み込み紛争などの理由一つで打ち砕いてもよろしいのでしょうか？

わたしたちには、平等に生きる権利が与えられている以上、命を奪う権利などないはずです。

一日でも早く、ウクライナ国に平和な街並と国民の満面の笑顔が戻ることを切にお祈りいたしております。

最後になりましたが、期待外れの作品かもしれません。

しかし、自分としては満足した作品に仕上がっていると自負しております。

どこまでも、仮想の世界を楽しんでいただくことが目的です。

いつもわたしは、あなたの素敵な笑顔が見たい一心で制作いたしました。

最後までお読みいただき、ありがとうございました。

著者プロフィール

橋本 ひろ実（はしもと ひろみ）

1949年1月22日生まれ。
福島県郡山市出身。
神奈川県横浜市在住。
相模鉄道株式会社・横浜商工会議所出向（横浜市企画財政局派遣）・
株式会社京急アドエンタープライズに勤務し現在に至る。
著書：『時空の交差点』（2014年、文芸社）
『時空に翔る、夢』（2017年、文芸社）
『時空をさ迷う、しゃぼん玉』（2019年、文芸社）
『しゃぼん玉と美しの島』郡山還著（2021年、文芸社）

風船は、しゃぼん玉の中へ

2022年11月15日　初版第1刷発行

著　者　橋本 ひろ実
発行者　瓜谷 綱延
発行所　株式会社文芸社
〒160-0022　東京都新宿区新宿1－10－1
電話　03-5369-3060（代表）
03-5369-2299（販売）

印刷所　株式会社暁印刷

ISBN978-4-286-26011-2　　JASRAC　出2206697－201